JN074868

東西学術研究所研究叢書第16号
西洋文学における信仰とフィクション研究班

Through the Lens of Faith: Eastern and Western Perspectives

Edited by Yoko Wada

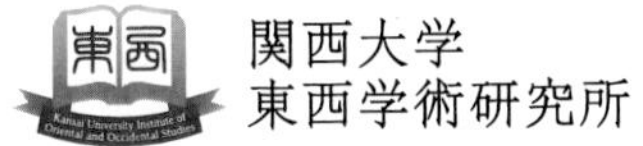

関西大学
東西学術研究所

FOREWORD

This book brings together the research results of the 'Western' group within the Institute for Oriental and Occidental Studies. Collectively, the scope of its scholarship is wide, both in time and space. Although chronologically concentrated in the medieval period, it extends as far as the nineteenth century, while covering the respective languages and literatures of Medieval Britain, Heian Japan and Czarist Russia.

In keeping with the challenge inherent in the somewhat oxymoronic title of our project, 'Faith and Fiction', our essays cover not only a wide range of literary genres but also reflect various critical approaches. Asaji's contribution on the correspondence between Adam Marsh, the foremost biblical scholar of his time, and Robert Grossteste, an advocate of the scientific method, tackles head on the role of faith in secular thinking. Kondo's article on Pushkin's Eugene Onegin explores Western influence at work in the poet's dramatic shift from lyrical poetry to a novel written in verse. O'Neill examines the attitude of the Venerable Bede (the 'Grossteste' of seventh-century England) towards his native language, Old English, especially its role in promoting his religious agenda. Wada explores the theme of old age as portrayed in Middle English poetry, moving between the speakers' vivid physical descriptions, their philosophizing, and ultimately the invoking of their Christian faith. Wittkamp's article on Old Japanese literature brings to bear a theoretical perspective on characterization in such key texts of the Japanese literary tradition as the Kojiki and the Man'yōshū.

We thank Professor Juji Azuma, Director of the Institute, for making possible the publication of our research results. We also acknowledge the generous help of Ms Satoko Nasu and Ms Sayaka Imanaka at every stage of the book's preparation.

Yoko Wada
Editor

Through the Lens of Faith: Eastern and Western Perspectives

目　次

アダム・マーシュから グロステスト宛書簡

朝 治 啓 三

はじめに

ローレンスが編纂したアダム・マーシュからロバート・グロステスト宛書簡は、合わせて60通が確認されている。19世紀にロウルズ・シリーズの一つの巻として刊行されていた書簡集を、ローレンスがその後の研究成果を踏まえて考証し、ラテン語と英語の対訳版として2006、2010年に2巻本として刊行した[1)]。アダムからの書簡にはグロステストからの書簡を受けて、それに対する返書として書かれたと述べられているものもあることから、本史料からはグロステストのカトリック信仰観をも読み取り得る。本稿ではローレンスの書簡集を史料として、その内容を読解して、フランシスカンとしてのアダムの思想、特に司牧観を読み取り、13世紀半ばのイングランドの社会とカトリック信仰の状態との関係を解明する。アダムは托鉢修道士として学問研究に勤しんだだけではなく、リンカン司教ロバート・グロステストをはじめとする高位聖職者たちと親しく交わり、同時に国王ヘンリ3世やその妃、あるいはレスタ伯シモン・ド・モンフォール夫妻とも親密な付き合いをしており、1258年に始まるバロンによる国制改革運動にも思想的影響を与えたとみなされてい

1) *Monumenta Franciscana*, vol. 1, Rev. J.S. Brewer, Rolls Series, 1858; *The Letters of Adam Marsh, 2 vols.*, ed. C.H. Lawrence, Oxford, 2006, 2010.（*Letters* hereafter）

る[2)]。信仰と世俗国制を結ぶ役割を果たしていた人物であることから、彼の書簡には、世俗社会と信仰の関係を解明するヒントが示されていると考えられる。

これまでにはこの書簡を史料として、グロステストがシモン・ド・モンフォールに「王政と僭主政」論文を貸していたという事実を読み取り、シモンの国制改革運動構想へのグロステストの精神的影響力の証拠とするという説が、ベモンによって提出され、その説を前提に、書簡25を史料にしてシモンの運動の精神性や非現実性をグロステストに結び付けようとする別の研究も現れた[3)]。さらには書簡30が、1252年のいわゆるシモン裁判、すなわちガスコーニュ総督としてのシモンが、現地人に圧制を布いたという苦情を受けて、任命権者であるアンジュー家の当主ヘンリ3世が、シモンをウェストミンスタに呼び出して裁判にかけ、事実上の解任工作を始めた事件についての、裁判過程の現場証人としてのアダムの報告書史料として、複数の論者によってとり上げられてきた。

245通もある書簡のうち二つだけの分析では、アダム・マーシュ書簡の歴史的意義を測ることは出来ないであろう。ここではアダムからグロステスト宛書簡60通を網羅的に内容分析しよう。

1　書簡の分析

アダムからグロステスト宛書簡を扱われた内容によって分類すると、25種類に区分できる。一通の書簡に複数の用件が含まれている場合が多く、その場合はアルファベット小文字を添えて区別したため、件数の総

2) グロステストは1253年に、アダム・マーシュは1259年に亡くなったので、1258年に始まるバロンの国制改革運動に直接の影響を及ぼしたとは考え難い。

3) Bémont, Ch., *Simon de Montfort*, 1884, Paris; Ambler, S., 'On Kingship and Tyranny, Grosseteste's memorandum and its Place in the Baronial Reform Movement', *The Thirteenth Century England*, xiv, 2013, pp. 115–128.

数は書簡の数である60を超える。件数の多い順に並べると下記の表のようになる。丸数字は件数の多さによる順序を示す。数字につけたアルファベット小文字は各書簡の段落番号を指す。

(表)

①聖職被推挙人・修道院入所希望者の人物評価 9, 10, 14, 23a, 27b, 27f, 33c, 34b, 34e, 46a, 55a, 63, 65, 66, 68, 69.

②グロステストの神学に対する疑問や質問 13, 20, 25d, 26c, 28a, 35a, 36, 37b(質問), 38a, 39, 40, 48, 49a, 52a, 55b.

③個人からの請願の口利き或いは取次 11, 19, 21a, 46b, 54, 61, 62, 負債 64, 否認 26c, 33d.

④司教家政・大聖堂参事会に関する助言 12, 16a, 22b, 27c, 27e, 34d, 35d, 52c.

⑤オクスフォード大学運営に関するリンカン司教の権限への請願 16c, 22a, 26a, 26d, 27a, 34c, 34f.

⑥シモン家系に関しての助言 18, 22c, 23, 25a, 25c, 52c, 60.

⑦書簡の転送 17c, 22f, 23, 27g, 35e, 53, 56b.

⑧ウィンチェスタ、ロンドン司教と大司教との確執へのグロステストの仲介について助言 17, 56a, 57, 59, 67.

⑨借りた本や論文の返却 22d, 23b, 25a, 25f, 26b.

⑩女子修道院への隠居・入所を願う俗人女性の請願取次 15, 29, 45, 54.

⑪教皇庁やカンタベリ大司教と対決するグロステストへの進言 32, 48a, 49a, 56a.

⑫ロバート・マーシュに関する助言 16a, 33a, 34c, 35c.

⑬ヘンリ3世や王妃とグロステストとの関係調整 37a, 38b, 47b.

⑭シモン・ド・モンフォール裁判の報告 30, 34a.

⑮パリでの聖職者攻撃に対するアダムの個人的意見の表明 24, 28b.

⑯ヘンリと司教の推挙権、裁判管轄をめぐる対立について助言 26e, 41.

⑰自然災害についてアダムの意見 47, 55b.

⑱フランシスカンに関しての助言 35b, 27e.
⑲修道院 22b.
⑳ヨアキム論文への賛同とグロステストの同意を求める書簡 43.
㉑王弟と司教の部下の紛争調整 21b.
㉒アダムの大司教巡察同行 52b.
㉓俗人貴族に関してグロステストへ助言 25e.
㉔グロステストと参事会・行政組織との対立への助言 42.
㉕司教の叙任権行使に関する助言 27b.

ここでは内容が関連する用件を整理して十種に分類し、それぞれの用件について簡単に説明したあと、個々の書簡やその用件と、アダムやグロステストが取り組んでいた教会改革運動との関係を解明し、カトリック信仰の信徒への普及と托鉢修道会が果たした役割や、大学の神学研究との関係などを調査して、アダムのグロステスト宛書簡において、カトリック神学が13世紀前半のイングランド社会において果たしていた役割を解明する手掛かりを探ろう。

(1)　最も書簡に登場する回数が多い用件は①聖職へと推挙された人や修道院への入所希望者についての人物評価を、アダムがグロステストに伝えるという内容である。司教が叙任し得る聖職は司教区内の大聖堂参事会員、大助祭、教区教会の司祭、助祭、礼拝堂チャプレンなどである。彼らの叙任手続きはカノン法によって規定されていて、14世紀リンカンシァの実態を踏まえてNicholas Bennetが要約した内容によれば、アダムの書簡でも多く扱われている教区司祭の場合は、次のようになる[4)]。

「推挙権advowsonを保有する者patron（聖職禄となる土地livingや利権の所有者）は新任候補者new incumbentの推薦状presentation

4) *Lincolnshire Parish Clergy*, 2013, xxxi – xxxii.

deedを書かせる。宛先は管区の司教。候補者の名前、彼が叙任されるinstitutedようリクエストする。司教はそれを受け取ると候補者の調査inquiryを命令する。調査者は大助祭の役人officialsまたは地区助祭長rural dean、彼らの任務は推薦状の事実確認、該当教区が空位状態か否か、空位が生じた理由、先の推挙を為した推挙権者は誰か、今回の被推挙者名、人物の誠意度honest life、交友conversation、司祭として叙階されるべきか否か、他の聖職禄を兼有していないかであり、報告書を作成する。この調査は隣接教区の司祭や俗人の面前でも行われる、その時の経過報告書が登記簿に残される場合もある。(下線部は筆者)」

これに拠れば、司教は被推挙人の人物評価を彼が任命した司教区内の諸役人によって構成される委員会に命じたのであり、アダムは司教区内の役職者ではないので、この委員会の構成員とはなれない。にも拘らずアダムが人物評価の書簡をグロステスト宛に送ったとすれば、グロステストから個人的に評価を依頼して、それにアダムが応えた結果なのか、或いは、アダムが自主的に評価を伝えるべきであると認識した被推挙人についてのみ、一方的に送りつけたのか、のいずれかであろう。それが何通も残っていること、そして書簡集の最初の方に纏めて置かれていることから、アダムの書簡がグロステストの判断に影響を与えることを、この書簡集を編集した同時代人が認識していたことを示している。グロステストは大助祭や地区助祭長によって構成される委員会による人物評価を信用せずに、アダムの評価を信頼したのか否かは、書簡には記されてはいない。アダムは人物の不道徳を示す事例を挙げて、叙任しないことを勧める事例も見られる。(アダムの書簡は彼の死後まもなく、彼の弟子たちが編集したと言われている。編者たちは、アダムの書簡を発行日付順ではなく、似通った分野ごとに並べ替えて収録したように思える[5]。)

---

5) Lawrene, C.H., 'Adam Marsh at Oxford', in Robson, M. and Zutshi, P., *The Franciscan Order in the Medieval English Province and Beyond,* Amsterdam UP., 2018,

修道院への入所希望者のアダムによる人物評価の持つ意味は、聖職叙任権の行使の場合とは少し異なる。一つは貴族家系の未亡人となった女性が老齢介護場所として修道院への寄付を通じて入所する場合の、口添えをアダムがグロステストに行う場合である（書簡15）。もう一つは修道院長に対してアダムの親族や関係者を修道士として受け入れるように、司教から紹介状を書いて欲しいという依頼である（書簡46a）。司教は叙任権行使だけではなく私的な紹介も依頼されていたことを示す。

被推挙人の人物評価に関連する用件のうち、登場する回数が3番目に多い③「個人からの請願に基づく口利き或いは取次」である。ここでの個人には、聖職希望者、参事会員、修道院の修道士、俗人など様々であり、司教への負債の返済猶予を望む人も含まれる（書簡11）。グロステストにそれらの用件に関する教会法上の権限行使を期待してではなく、個人としての恩寵を期待しての要請であろう。

登場回数は少ないが、聖職推挙や修道院への入所に関連した用件としては、⑩Godstow女子修道院への入所や院長職を願う女性からの請願の取次と、⑲同じ修道院についての司教の指示を仰ぐ件が挙げられよう。

(2)　登場数で2番目に多い要件は②グロステストの神学についての、アダム個人の疑問や質問を提示して教えを請うという内容である。聖書を引用してその個所の解釈、神の救済とは何か、主の恩寵や慈悲にも拘らず、神の聖なる教会が日々汚されているのは何故か、と言った、カトリック信仰を確信したいというアダムの心が読み取れる書簡であり、それぞれが長く、異なる書簡で繰り返し同様の質問が為されている。修道院の修道士（monks）から托鉢修道士（friars）が非難されている場合に、グロステストのフランシスカン支持を求める書簡もある（書簡20）。アリストテレス倫理学のグロステストによる翻訳書が、貸し与えられて神

---

p. 162; Lawrence, 'The Letters of Adam Marsh and the Franciscan School at Oxford', *Journal of Ecclesiastical History*, 42-2, 1991, pp. 220-221.

学者の間で読まれていたことを示す書簡（書簡 26）もある。

神学に関する質問や疑問によって提示された論点のうち、アダムがグロステストと共通して確信していると思われる信条は、カトリック信仰や教会の一体性を保持することの重要性の強調であろう。その際にアリストテレス論理学を思考の土台としていることも読み取れる。「お願いしますのは、猊下が至高の恩寵、天使の保護、聖人の援助、秘蹟のとりなしによって、悪の怒りや恐るべき働きに対抗して、世界全体の聖化の目的を果たすため、その世界では完全な平和の永続の中で神が全ての全てである omnia in omnibus、とお示しになることであります」（書簡 28）。同じ精神は上記のシモン裁判の報告書簡にも見られる（書簡 30、55）。

神から聖職を委ねられた者が、俗人権力者から土地や権益を与えられた結果、世俗的利害に取り込まれて自制力を失うので、それに対抗するには、全能の神からの純粋なメッセージを聖職者が語ることであるとも述べている（書簡 37）。国王がグロステストに敵対する不信心者に影響されて、主に塗油されたグロステストを圧迫するかもしれないと危惧してもいる（書簡 38）。そのような信仰欠如者が広まりつつあり、司教の救済の仕事を手伝える聖職者を見つけにくくなっていることを憂い、その対策は「大きな危機の只中で、キリスト、神の力、神の英知が猊下に、猊下の選択を行う際の勤勉さを与え、猊下を行動させるべき強靭さの精神を与えますよう祈ります」（書簡 40）と、アダムがグロステストを励ます書簡もある（同様の例は、書簡 48、49）。

（3）　書簡に登場する回数が 3 番目に多い用件は、④司教家政や司教区行政に関するアダムからの助言や質問である。司教区行政職につくには教育を受ける必要があるとみなされた人、また「自己の腐敗について傲慢である人々を窮地に追い込んでおく必要があり」、司教の同僚として、或いは司教の家政（ハウスホウルド）の中には受け入れられるべきではない、そのために神の援けがあるでしょうとアダムはグロステストに助言している（書簡 12）。そこではグロステストからアダム宛に、人物評価を依頼したことも語られているので、アダムの書簡はグロステストからの求めに応じた助言であろう。

書簡 16 では、リンカン司教区内の司祭職へイタリア人を叙任するようにという教皇からの書簡を受け取ったグロステストが、教皇の求めに応じることを躊躇い、教皇書簡の写しをつけてアダムに助言を求める書簡を送っていた。これはいわゆる Papal Provisions と呼ばれる現象であり、バラクラフによって詳しく研究された[6)]。該当する被推挙者は国王行政役人 Edward of Westminster で、1244 ～ 45 年頃 Milton Keynse の rector へとグロステストによって叙任されていた[7)]。ローレンスの注によれば、Edward は教皇書簡を得て、さらに別の聖職禄を兼有しようとしていたので、グロステストがそれを差し止めるために彼を審査にかけ、さらに助言をアダムに求めていたとみなされている[8)]。アダムはマタイによる福音書 5:10 ～ 12、「義のために迫害された人たちは幸いである、天国は彼等のものである」を引用しつつ、兼有を希望した者は、「猊下の助言に基づいて、遅滞なく、彼らの請願の条文を、猊下に考慮して頂けるように、提出し直すでしょう」と回答した。俗人の行政役人を司祭へと叙任することや、司教の叙任権を教皇書簡が侵害しようとする傾向にグロステストは抵抗したため、国王からも、教皇からも彼の独立性が嫌われていた。

司教家政役人の交代についてもアダムの助言が読みとれる。「猊下の行政上の仕事を、サー・ジョン・クレイクホールを継ぐ予定の人物への権限移行を、監督することが必要であるという報告が届いております。（中略）会計簿が提出される時は、新しく任命される会計係が、猊下の財産

6）Barraclough, G., *Papal Provisions, Aspects of Church History Constitutional, Legal and Administrative in the Later Middle Ages,* Oxford, 1935; 拙稿「1250 年リヨンにおけるグロステストとイノセント 4 世」『関西大學文學論集』70-4、2021 年。

7）*Calendar of Liberate Rolls, 1240-45,* pp. 134, 206, 325; *Rotuli Roberti Grosseteste, episcopi Linconiensis, 1235-1253,* ed., F.N. Davis, Canterbury and York Society/Lincoln Record Society, 1913, p. 369.

8）*Letters,* I, p. 41, n.

を正確に計算し、会計監査し、猊下が重さを測らせて受け取るのによい機会です」（書簡22）。ちなみにクレイクホールは、1258年に始まる諸侯の国制改革運動の最中に、改革派諸侯によって登用された財務府長官である[9)]。リンカン司教の司教家政の会計係である俗人の離任に伴う後任人事に、アダムが人物評価を依頼されて、報告書に基づいて助言をしたことが示されている。書簡27には、家政役人の会計上の不正が発覚したことが報告され、クレイクホールが会計簿の調査を行い、アダムは「信仰深い分別のある人の熱意によって、特定の役職者が任命されて、彼がすべてを監督すべきである」と助言している（書簡27）。書簡34ではアダムは、司教のチャンセラー（司教区公文書主管）、そして書簡35ではマーシャル（司教裁判官）が留任すべきことについて助言している。

司教区行政に関してアダムが大聖堂参事会や行政役職者について述べた㉔や、司教の叙任権行使についての助言に当たる㉕もこの分類に含まれよう。書簡42では、グロステストと参事会との間で、参事会員保有の教区の司祭への司教による巡察を参事会が拒んでいたが、グロステストが司牧の徹底を名目に巡察を敢行すると宣言したため、参事会が教皇庁へと上訴した。1245年にグロステストがリヨンの教皇庁へ赴き、教皇から司教の巡察権を認める決定を得た[10)]。これに関連して、アダムが参事会の聖職者は「自分が首長なのではなく、貧しい民の父であることを理解すべき」と、グロステストに同意する書簡を送った。書簡27では、司教がBloxhamの司祭補を叙任する際に行った司法審査で、被推挙者が嘘をついており、実際には密通して子供をもうけていたことをアダムが確認したので、知らせるということが書かれている。形式的な審査では嘘を見抜けない場合があり、グロステストが司牧者の能力を重視しているこ

9）Barrat, N., ‘Finance on a Shoestring: The Exchequer in the Thirteenth Century’, in A. Jobson, *English Government in the Thirteenth Century*, The National Archives（TNA hereafter), 2004, p. 75; TNA, E 401/39 m1.

10）拙稿「司教の巡察をめぐるグロステストと聖堂参事会の論争」『関西大學文學論集』71-4、2022年。

とを知っているアダムは、不義者を告発したことになる。

(4) 次に言及数の多い用件は、⑤オクスフォード大学運営に関するリンカン司教の権限の行使についての助言である。オクスフォード大学のチャンセラー（総長）をリンカン司教が任命するという制度が実在したという明確な根拠は現存していない。ローレンスによれば、次のように説明されている[11]。

1213年 Hugh of Wells, Lincoln 司教が帰英する。それまでの間、オクスフォードの町民と対峙したのは、教皇特使Nicholas de Romanis, Tusculum で枢機卿でもあった。破門を解除しオクスフォードにSchoolsを復活させたい町民との妥協、すなわち「リンカン司教Hugh of Wells猊下とその後継者、或いはその代理人である大助祭、またはリンカン司教が設置するChancellorの手に、町が払う代償金compensationと大学行政権administrationが入る[12]」ことが決められた。

この文の中では司教がChancellorを任命する権利を持つとは書かれていない。何年かの後グロステストは「自分がオクスフォードのフランシスカンSchoolの長であったとき、リンカン司教のHughはグロステストをChancellorとは呼ばせなかった。唯Masterの称号magister scholariumのみ許した[13]」と述べたと言われている。

1214年に交渉したが、司教は譲歩を嫌がった。1216年 Geoffrey

---

11) Lawrence, C.H., 'The University in State and Church', in *The History of the University of Oxford*, Vol. 1, The Early Oxford Schools, ed. Catto, J.I, Oxford, 1984, pp. 97-150. at pp. 100-101.

12) *Med. Archives of the University of Oxford*, i, pp. 2-10; Rashdall, H., The *Universities of Europe in the Middle Ages*, 1895, new ed. 1936, iii, pp. 34-5; Callus, 'The Oxford Career of Robert Grosseteste', *Oxoniensia*, x, 1945, p. 48; Graham Pollard, 'The Legatine Award to Oxford in 1214 and Robert Grosseteste', *Oxoniensia*, xxxix, 1976.

13) *The Rolls and Register of Bishop Oliver Sutton, 1280-99*, v, pp. 59-61.

> de Lucy が Chancellor の称号を帯びている[14]。グロステストがリンカン司教になった1235年には変化はない。大学と町のベイリフとの交渉では、司教は司教役人のロバート・マーシュを送って、破門の脅しを用いて強制した[15]。1246年教皇から教書を得て、オクスフォードにおける教授ライセンス授与という内容の支配権を確認された。司教がそれを Chancellor に委託するという構造が出来た[16]。同時に神学教授の任用を監督する権利を主張した。

この説明によれば1246年にはグロステストは教皇から、オクスフォード大学の教授ライセンス授与権を、大学のチャンセラー Chancellor（総長）に委託する権限を得ていたことになる。グロステストはその権限を如何に行使していたのか。書簡16を例にとり、司教とチャンセラーとの関係を読み取ろう。1251年或いは1252年の7月頃に書かれたアダムの書簡によれば、大学の学者たちの代表として Ralph of Sempringham がチャンセラーの名前で（書簡118）、大学の公印を使用した。グロステストがそれを咎めたので、アダムは司教の怒りを鎮める手紙を書いた。「可能な限りの謙遜さと愛情をもって猊下に請い願いますことは、神の恩寵によってマギステル Ralph of Sempringham への猊下の怒りを取り除いて下さることです。彼は猊下に従う用意が出来ております。猊下がお望みなら今後は大学の印章を用いないでしょう。彼はオクスフォード大学の印章を、彼の先任者たちと同じように、知らずに使っておりましたが、猊下がお望みならその職を辞す覚悟です。もし猊下が、彼が何か不適当なことを為したとお考えなら、私の考えでは彼は学者集会の同意なしに

---

14) Mary Cheney, 'Master Geoffrey de Lucy', *English Historical Review*, lxxx 1967, Lawrence, 'The Origins of Chancellorship', *Oxoniensia,* xli, 1976.

15) Luard, H.R., *Robert Grosseteste Episcopi quondam Linconiensis Epistulae,* RS, pp. 437-9.

16) *Calendar of Papal Letters*, i, 225; *Snappe's Formulary and other Records*, ed. Slater, 1924, p. 299.

はそんなことを為しませんが、辞職について猊下の判断に従うつもりです。諸力の主が主の塗油された者に鎮静さを持って判断し、従う者を統治するという忍耐をお持ち下さいます様に」。

この書簡を見る限りでは、大学の学者たちは司教が総長よりも上位に位置していることを承知している。グロステストは大学の神学学位の授与にも関与した。書簡 34 には、ロバート・マーシュの学位申請について、アダムは「学位取得を猊下ご自身が主宰して頂ければ、有難く存じます、彼は神の恩寵があれば、聖処女お清めの日の後、神学教授の職を受け取るでしょう。これに関して為すべきことについて、猊下のお望みをお知らせ頂ければと存じます」と述べている。学位取得には司教に発言権があり、教授職就任は大学内手続きであると認識されていたようである[17)]。(書簡 33 にもこの点での言及がある。)

大学と大学町の紛争の決着をつける権限が司教にあるのか、国王にあるのかをめぐっての書簡も見られる（書簡 26、27）。世俗的罪を犯した二人の聖職者を匿ったとの疑いで、大学の学者たちが国王の役人によって逮捕された。チャンセラーは投獄された二人の聖職者が獄から釈放されるように、そして逮捕された学者がチャンセラーへと引き渡されるように国王に懇願した。その主張の根拠は、チャンセラーは司教の代理人であり犯罪者に対する裁判権限を行使する資格があるということである。国王は学者たちの請願に基づいて二人の聖職者を釈放したが、マギステルたちは何日間も講義を停止した。その後国王は高位聖職者や貴族たちとの討論を経て、王国と教会の裁判権を棄損しない方法でなし得る結論を出すと約束した。その結果、学者たちは釈放された[18)]。この事件をグロステストに報告する書簡の中で、アダムは「いと高きところの英知が全

17）この事件はほぼ同年にパリ大学で生じた、托鉢修道会所属の神学教授と在俗教師との間の論争と似通っている。Lawrence, 'Adam Marsh at Oxford', pp. 176–77.

18）1255 年 6 月 11 日付の国王特許状。チャンセラー宛。*CPR, 1247–58*, 413; Lawrence, *Hist. of Univ. Oxford*, I, p. 107.

てのものを秩序付け、端から端まで力強く到達するものですが、この悪の時代に困難な救済に役目を果たしておられる猊下を支えます様に」と書き送った。大学人は司教の裁判権に従うことで、世俗権力の介入から自己の学問の自立性を守ろうとしていた。

大学の制度ではなく大学人に関してのアダムの意見を述べた、⑫ロバート・マーシュに関する書簡にもここで触れておく。書簡によればアダムがグロステストに請願し、司教がそれに応え、それをロバート・マーシュに伝えた。それをかつてグロステストに大学の学者たち側の請願を提出していた大学マギステルのジョンが、学者たちに読み上げた。アダムもその場にいた。学者たちは司教の声明に納得し、請願を修正して再提出するでしょうとアダムが書簡で伝えている。ロバート・マーシュはローレンスによればアダムの兄弟とみなされている。1244年には司教座大聖堂の参事会員の一人で、のち1254年にはオクスフォードの大助祭になった[19)]。この書簡ではMagisterの称号付きで呼ばれているように、オクスフォード大学のマスターでもあった[20)]。従ってリンカン司教は大聖堂参事会員であると同時に、オクスフォードでの学位取得者のロバート・マーシュを使って、自己の意志を学者たちに納得させていたことが分かる。ロバートは書簡33, 34, 35にも登場する。アダムは彼が教区司祭となるよりは参事会員となるべきであると勧め、彼の学位取得手続きをグロステストに依頼し、彼の学問水準について高評価を下している。

(5)　次に登場数の多い用件は、シモン・ド・モンフォールと彼の家族に関する書簡である。中でもグロステストがシモンに「王権と僭主政」の論文を見せたことをアダムに想像させる書簡25と、ガスコーニュ総督

19) Le Neve, L., *Fasti Ecclesiae Anglicanae*, vol. 3, Lincoln, London, 1968 – , p. 37; Major, K., 'Familia of Grosseteste', p. 231, in Callus, D.A., *Robert Grosseteste*, Oxford, 1955.

20) Emden, A.B., *Biographical Register of the University of Oxford to 1500*, Oxford, 1957-59, ii, p. 1227.

であったシモンが、ヘンリ3世によってウェストミンスタに呼び出されて裁判を受けさせられた時、その審理経過を伝えるアダムの書簡30が多くの研究者によって分析されてきた[21)]。このうち書簡30については、本節後段で論じる予定なので、ここではシモンとグロステストの関係に言及している書簡25の内容を紹介しよう。

書簡冒頭でアダムは次のように書き送った。「猊下が『王権と僭主政』についてお書きになった草稿を、レスタ伯の封蝋付きで私にお送りになりました状態でお返し致します。伯はガスコーニュへ早期にお戻りにならねばならず、その前に伯は伯夫人や私と共にその件について話し合ったのち、伯の息子のヘンリを猊下の教育へと戻すことを提案されました。」文面から判断すると、グロステストが1248年ごろに書き終えていたと思われる「王権と僭主政」論文を、レスタ伯シモンに見せ、シモンがグロステストにそれに伯の封蝋をつけて返送したのち、グロステストがその封蝋断片付きの状態でアダムに送った。アダムはそれを読んだ後、グロステストにこの書簡25と共に返却したと言える。司教が書いた論文を、伯とアダムが共に読んで、論じたとみられる。

この論文は1250年5月にリヨンの教皇庁でグロステストが、カンタベリ大司教による大司教管区の巡察の強行と、その際巡察時の接待費プロキュレーションを徴収したことに抗議するために、カンタベリ大司教の管区行政が僭主のそれであるとして非難する目的で書かれた。被治者のために統治する真の王権と、委ねられた権限を乱用する僭主政とを比較したものであり、この書簡ではその比較を世俗的権力に適用することについては全く言及されていない。上記の件に続いて、アダムの書簡には、書簡18で言及されていた、レスタ伯の部下が教会の権利に関して犯した過ちについて、伯は司教の裁判権に身を委ねることを繰り返し述べたと書かれており、伯が「天の助言に従い、魂の救済を」求めたいと述べた

21）拙稿「1250年リヨン」参照。

ことをアダムは付け加えている[22)]。

書簡中段で次のように述べる。「レスタ伯は魂の解放の最も進歩した最大の計画について私に話されました。…そして熱意に燃え、大計画の準備をし、天の助言に従って準備すると」。しかしそれに続いて、レスタ伯が「猊下の健康を心配し、猊下のかくも大なる挑戦を自ら発言なさる強さをいかにしてお持ちなのか」と問い、アダムは「すべての魂の主たる神が、強者を恥じさせるために、この世の弱者を選び、肉体の弱さの中にある精神の強さによって、『罠にかけてその鼻を貫く』（ヨブ記 40:24）ということ以上に、ふさわしい表現はありましょうか」と答えている。この箇所に注を付けた書簡編者のローレンスは、グロステストの神学思想がシモンの国制構想に影響したという歴史研究者の説を、「mystery」であるとみなしている。一方 21 世紀の歴史研究者たちは、「王権と僭主政」論文が、シモンに国制改革運動構想を立てさせる原因となったと解釈している。その判断の具体的な根拠は示されていない[23)]。これに対して筆者は、シモンが独自の信仰観に基づいて、グロステスト神学に共鳴し、国制改革計画を構築したと考えている[24)]。

アダムは書簡の末尾で「アリストテレスの倫理学書は猊下のおかげで私に良い仕事をなしました」と、自身への影響を述べている。王と僭主の比較はアリストテレスのニコマコス倫理学 viii, 10、政治学 iii, 6 で扱われているテーマなので、冒頭の引用と最後の言及とを合わせるなら、該当論文はフランシスカン托鉢修道士のアダムに影響を与えたとは言える。

22）拙稿「フランシスカン、アダム・マーシュのシモン・ド・モンフォール宛書簡」『関西大学東西学術研究所 70 周年記念論文集』2022 年参照。

23）厳格な神学者であるグロテストが非現実的な国制改革理念でシモンを説き伏せ、洗脳されたシモンが無謀な国制改革を、善良な国王ヘンリ 3 世に押し付けて、暴力で「最初の革命」を引き起こしたと、Ambler, 'On Kingship and tyranny: Grosseteste's memorandum and its place in the baronial reform movement', *The Thirteenth Century England*, xiv, 2013, pp. 15-28 は述べている。Ambler, *The Song of Simon de Montfort*, Picador, 2019, pp. 150-1, 170-4, 254, 256.

24）拙稿「フランシスカン、アダム・マーシュのシモン・ド・モンフォール宛書簡」『関西大学東西学術研究所創立 70 周年記念論文集』2022 年、37-64 頁。

書簡52はシモンの息子たちの教育をグロステストに委ねる件であり、書簡60はレスタ伯夫人の料理人の死に伴う、後任人事の件を扱う。グロステストがレスタ伯家と親密な間柄にあったことは確かである。⑭シモンの裁判に関してアダムが出席して、その場にいた諸侯たちとも会話しながら、グロステストに経過を報告している書簡30は、この書簡集の中では最も長い書簡と言える。シモンの家族に関する書簡とシモンの裁判に関する書簡とでは、論じられているテーマが全く異なる。前者においてはシモンや彼の家族の信仰心が篤いことが主体であるが、後者では世俗の権力構造が神意に沿うものであるか否かが問われている。

書簡30の内容は大きく二つに分けられる。裁判の前半では、シモンがヘンリから叱責され糾弾されながらも、シモンが事実根拠に基づいて誠実に回答しているとアダムが評価し、ヘンリも議論ではシモンを打ち負かせず、シモンには一点の曇りもなく疑いは晴れたと貴族の面前で宣言した。ところが後半では、翌日になってヘンリが前日の結論を否認し、「国王は自分勝手な結論を下し、自分で作った命令を書きとらせ、自分の印章を捺印させた。同時に国王や王子がガスコーニュへ進軍する前に代官を派遣して、過去の事件や生じるであろう事件を処理し、シモンが領有する城を取り戻し、その捕虜を受け戻し、シモンの過去の行為を修正させる」と決めたことを受けて、ヘンリの変心ぶりをアダムは非難している。

アダムが関心を寄せているのは、ガスコーニュ統治の実情や、シモンとヘンリとの世俗国制観の違いではなく、主張が理路整然としているか、教会と国王の威厳が保たれているか、平和が維持されているかであった。「悪意の者たちの長くてやかましい抗議に続いて、努力の必要な忍耐ののち、理屈が通ってレスタ伯の言い分も聞こうという譲歩を勝ち得た」。そして「忠誠心において固く、言論が理路整然とし、恒常さにおいて一貫しており、豊かで経験ある人、反対されても勇敢な人である多くの有力者たち」が、シモンのガスコーニュ統治について、「ガスコーニュが軍事的行為と統治において平和であり、教会と国王陛下の威厳のために統治されていると、そして同時に聖俗の安全保障のために統治されていると」述べたと、アダムはグロステストに報告している。そして貴族の面前での議論の結果、シモンを支持する人々の主張が、国王によっても承認された。これがこの書簡でアダムが重視する論点の一つ目である。

翌日になってヘンリがその結論を独断で覆したことを、アダムは第2の論点として重視している。シモン自身はヘンリと交渉し、「国王陛下の分別ある命令によって、和平協定が彼とその支持者と、それらの者の敵対者との間に入るよう、そして協定が貴族や高位聖職者の公的制度によって、また役人や貴族たちの宣誓によって、将来的に不可侵の協定として維持されること、そして違反者は然るべき処罰にさらされることを決意していた」。にも拘らず、翌日ヘンリは「国王が以前決めていた決定に反して、シモンをガスコーニュ総督職から完全に排除しようとした」。交渉が決裂した結果、シモンは国王のもとを去り、息子を連れてガスコーニュへと戻り、現地の紛争に決着をつけた。アダムはヘンリの約束違反を重視し、シモンの行為を、「神の名を恐れ、神の愛によって勇気を与えられて、そして自分が被ったことから十分に学んで、自分の希望を主に託した。至高の神を喜んで信じ、海を越えた」と見なして、神意に従う行為と位置付けた。平和の維持という目的の確かさ、議論における理路整然さが重視されている。神意と俗人の独断とが対比されている。聖俗貴族と国王との合意が神意にかなうと見なされている。

書簡30はアダムの神学理解に基づく世俗国制観が表されている書簡である。

(6) 次に登場数が多い用件は、⑦アダムがグロステスト宛に書簡の転送を仲介したことを述べる事例である。アダムがグロステスト宛に送り、その後それを返却することを求めた書簡とは、書簡17や23に見られるフランス王ルイ9世からの書簡と、ローマ近郊のTusculum司教からの書簡の写しであり、その内容は聖地における十字軍の敗北に関する内容である[25]。書簡23ではそれらの写しは、イングランドのフランシスカンの代表であるWilliam of Nottinghamから受け取ったことが述べられている[26]。

書簡27ではアダムが友人から送られた特許状の写しをグロステスト宛に送ったことが書かれている。それはカンタベリ大司教の役人の面前での裁判の際に話された内容に関する特許状で、事件をリンカン司教が知っておくべきだとアダムは判断したと説明している。書簡35でも同様の理由での書簡の転写を行った件が述べられている。その書簡を書いたのはヴィカーのグレゴリ・ド・ボウズリスで、大司教に付いてリヨンの教皇庁へ出向き、その途中でガスコーニュ総督のシモン・ド・モンフォールにも手紙を届けている。大司教の裁判所で争われていた訴件は次の様なものである。ウィンチェスタ司教座が空位になった後、大聖堂付属小修道院での修道士の選挙によって司教候補が決められる慣習に対して、イングランド王ヘンリ3世が自己の異父兄弟のAymer de Lusignanを推し、その後ヘンリの思い通りになった。その後Aymerの所領の役人が大司教の所領の役人と推挙権をめぐって争い、Aymerの部下が大司教の荘園を襲った事件についての裁判が行われた。これをめぐって1253年1月にロンドンで教会会議が開かれ、グロステストはヘンリに対して、教会裁判権への国王裁判官の介入について激しく抗議した[27]。アダムがグロステストに書簡の写しを見せるべきであると考えたのは、このような背景に於いてのことである（書簡56）。この件については後述する。

書簡53はグロステストの姉妹であるJuettaからの依頼に基づいて、アダムがグロステスト宛に、ギルバート派小修道院礼拝堂での儀式に関して依頼する書簡の転送である。書簡の転送に類似した用件として、⑨ア

---

25) Lawrence, *Letters*, I, p. 45.n.

26) Lawrence, *Letters*, I, p. 55.

27) 拙稿「1253年グロステストのGravamina」『関西大學文學論集』69-4、2020年。

ダムやグロステストが相手から借用した書籍の返還に関する書簡を取り上げよう。上記の書簡25ではグロステストが書いた「王権と僭主政」論文をアダムが返却した件と、グロステストが翻訳したアリストテレス「ニコマコス倫理学」が言及され、書簡26では、グロステストがその書をロンドンのフランシスカン・スクールへ贈る予定なら、ウィンブルドンの司祭で、王妃の内科医であるピータ・オヴ・プロヴァンスがその配慮をするであろうと、勧めている。書簡や書物のやり取りは学者間だけではなく、聖職者、托鉢修道会、そして権力者の間でも行われていた。

(7) ⑧リンカン司教がカンタベリ大司教や他の司教たちと如何なる関係にあったのかを示す書簡を次に検討する。カンタベリ大司教が大司教管区内にあるロンドン司教区の巡察を行ったことに関して、イングランドでの教会会議でロンドン司教が不平を教皇庁に申し立てると表明した。その会議でグロステストは両者を仲介する役割を演じたのではなかった。大司教の巡察が司牧のためではなく、巡察に伴う大司教の接待費収入プロキュレーション目当てであると言って非難し、1250年にリヨンで教皇に大司教の巡察を不当とする声明を出すよう演説した[28)]。大司教も同年6月にリヨンへ向かった。アダムは書簡32で、グロステストに「祈りをもって懇願致しますのは、かの教皇猊下をできるだけの尊敬をもって猊下が受け容れられます様に、彼に効果的で賢明な助言をし、教皇の仕事の援助を為し、猊下が神の意志に沿うと判断される限りにおいて教皇の仕事を推進されますように」と、グロステストが過激な発言をしないように警告した。

これとは別に、ウィンチェスタ司教Aymer de Lusignanの荘園役人が、カンタベリ大司教の役人に暴行を働き、両聖職者間で紛争が生じた。アダムはグロステストに書簡で、「この事例のメリット、神の名誉、そし

28) 拙稿「1250年リヨンにおけるグロステストとイノセント4世」。

て何よりも教会の安全を御考察になった上で、メトロポリタン司教の権威についての訴えを繰り返されること、そして猊下が熱意と独自性とをもって、危険な事例から安全な結果へと続く健全な過程を推進するべく訴えられることです」と助言した。1253年1月イングランド教会会議で、和解が成立したようである（書簡56）。この会議ではグロステストが、もう一つの重要課題である十字軍課税への反対表明の議論において主導権をとっていた[29]。

（8） 次に⑬グロステストやアダムが国王や王妃、王弟たちと如何なる関係にあったのかを示す書簡を検討する。オクスフォードで生じた聖職者の世俗的犯罪に関して、大学の学者たちが被疑者を匿うという事件を、司教と国王のどちらが裁くかをめぐって交渉がもたれた。その大学人を国王役人が投獄するという事件で、教会裁判権と国王裁判権との棲み分けをめぐる議論については既に紹介した（書簡26）。この書簡ではアダムは必ずしもヘンリを敵視してはいない。この時期アダムはオクスフォードのフランシスカン・スクールに居住していたので、事件を身近で観察し、グロステストに書簡で伝えた。それとは別に、アダムは国王ヘンリ3世や王妃エレアノール、さらには王弟リチャードから、必要な人材とみなされていたことを示す書簡が見られる。

書簡37では国王が貴族を集めて祝宴（ローレンスは10月13日エドワード証聖王祭であろうと推測している）が開かれ、そこでは「時に従いて適宜に飲まれし酒は心の楽しみまた魂の喜びなり」（ベン・シラの書31:28）に拠りつつ、「食欲にこそ神が宿るという連中が糞だまりに陥れられ、不適当な大食を追求しつつ、しかるべき節約を侮っています」とアダムは非難し、自分は聖書の「ある金持ちがいた。彼は紫の衣や細布を着て、毎日贅沢に遊び暮らしていた。…金持ちも死んで葬られた」（ル

29）拙稿「1253年」。

カ、16:19, 22）を読む、とグロステスト宛に書き送った。アダムの怒りの矛先は国王ではなく、その祝宴に、聖職者が出席するよう促され、自制力を欠いた聖職者がいた、という点に向けられており、グロステストが長年聖職者の適性を信じた上で任じたことをアダムに報告してきたので、その信任違反者の例を報告すると言っている。

司教候補者の選出、教皇による叙任とならんで、被叙任者への国王による土地の宛行とは同時に行われるはずであったが、一方がその実行を遅らせることで、相手から譲歩を引き出そうとした。書簡41には国王が土地の宛行を遅らせていることへの、アダムの対処が書かれている。すなわちチチェスタ司教の宛行について、アダムがグロステスト宛に、国王に恩顧をたれるよう手紙を送っては如何かという提案を書いている。当時グロステストが参事会との巡察をめぐる紛争の解決という課題を抱えていたことを踏まえつつ、紛争の鎮静を願い、「父なる神とイエス・キリストから、めぐみと平安とが、あなた方にあるように」（ピレモン書3）と締めくくっている。

王妃への言及はむしろ好意的である。「信仰深い王妃は猊下の良心へと接近しており、そのことは猊下の福音の聖務が、救世に向かって一層機能するので我らにとって喜びです」（書簡17）、或いは「祝福あれ、王妃は救済の役目へと職務付けられた者の推挙に関して、彼女の敬虔な意図を一貫性を以て懸命にまた勤勉に忍耐しつつ対処した」（書簡26）、さらには「王妃の熱心な要請により、私はレディングで王と後継者の用件についての討論会に参加しました」（書簡47）、「大司教猊下が私にローマ教皇庁へと同行するよう強いましたが、そして国王もそれを推進しましたが、王妃は強く反対し、私を引き止めました」（書簡52）と書かれていることから、王妃は紛争解決のためにアダムを頼り、アダムはそれに応えていた。

王弟リチャードの部下が、グロステストのベイリフ（代官）と紛争を起こし、グロステストがジョン・クレイクホールとステュワードのロウジャを派遣して、解決させようとしていた。しかし決着が遅れたのであろう、アダムがグロステストに宛てて、王弟リチャード宛に、直接対話によって解決するという書簡を送るよう勧めた（書簡 21）。アダムは紛争解決の策をグロステストに伝えたことになる。これらの例をみると、アダムはグロステストと王家との関係を改善する役割を期待され、実際果たしていたと言える。

（9） 書簡に登場する数としては少数であるが、アダムとグロステストの関係を示す用件として重要なのは、グロステストのフランシスカンに対する態度に関するアダムの書簡である。書簡 27 においてアダムはグロステスト宛に、Absit ut in eternum fratres uobis non sint devotissime subjecti. と書いた。前後の文脈から、「托鉢修道士は永遠に司教グロステスト猊下の敬虔なる僕になってはいけないなど、ありえません」と読める。具体的にはフランシスカンの William of Pocklington が、グロステストに面会する機会を先に延ばしていることの言い訳をする文の中で使われている。その理由としては、彼がオクスフォードで宣誓を行うためであると書かれている。この書簡の前提として、グロステストからアダム宛に、William を送るように要請があり、それに応えることが出来ていないという事情があったのかもしれない。書簡 17 によれば、彼は 1244-45 年にはリンカン大聖堂の参事会員で、グロステストのファミリア（家政員）の一員であったが、1251 年にフランシスカンとしての宣誓を行い[30]、アダムの秘書としても働いていた[31]。

アダムの使者としてグロステストのもとへ、書簡や借りた書籍を届けるだけの托鉢修道士もいるが（書簡 26, 34, 35, 48, 49）、教会会議に出席して国王が提案した十字軍課税に反対を表明する場合もあり（書簡 20）、アダムはグロステストにこの件で、フランシスカンのイングランド管区

30）Major, p. 233; Emden, iii, p. 1489.
31）Lawrence, Letter 33.

長 William of Nottingham 宛に書簡を送るよう勧めた。フランシスカンの中には説教者としての職務 pro predicationis officio で務めた托鉢修道士もいる。アダムは托鉢修道士であるが、修道院の修道士 monks を司教が教区司祭へと叙任する例についても発言している（書簡 36, 46）。Thomas of York はアダムの弟子で、オクスフォード大学で神学学位を取得する際、学芸学部を修了していないとの理由で在俗者から妨害を受けたが、アダムのとりなしによって取得し得た。その経過をもアダムはグロステストに書き送っているので（書簡 26）、グロステストから大学への働きかけが期待されていたのかもしれない[32)]。

フランシスカンとグロステストを結ぶもう一つの重要な契機は、フィオーレのヨアキムの終末論思想の受け入れに関するアダムの主張である（書簡 43）。アダムはヨアキム思想に関する複数の論文をイタリアのフランシスカンから手に入れ、コピーをグロステストへと送った。「下される天罰の日々が近づいているか否かを判断できるでしょう」と書き、ルカ 21:28 を引用しつつ、聖霊の時代が接近する前には反キリストが接近するとの現状分析を述べている。これに対するグロステストの回答はこの書簡集には含まれていないが、カトリック信仰を西欧信徒へと普及させようとしていたグロステストが、司牧者の無教育や、教皇叙任によるイタリア人司祭のイングランドでの広がり、聖職禄兼有や妻帯などを、反キリスト的と呼んでいたことはよく知られている。グロステスト自身は托鉢修道士ではないが、フランシスカンとドミニカンに対して、好意的態度をとり続けていたことは明らかである。

---

32) Lawrence, 'Adam Marsh at Oxford', pp. 176–77. よく知られているように、同じ種類の事件がオクスフォードに先立ってパリ大学で生じていた。大嶋誠「パリ大学における修道会問題」『史淵』116, 117 号、1979、80 年。ドミニカンとフランシスカンが神学教授職を占める傾向を、在俗教授たちが国王や教皇に働きかけて、学芸学部卒業条件を口実に阻止しようとした。オクスフォードでは Chancellor が委員会を作り、学芸学部卒業を条件とする規定を作りつつ、他方で 1253 年 3 月 13 日 Thomas の教授就任を認めた。Little, *The Grey Friars in Oxford*, pp. 38–9. これは学部の自治の一環と言えるとローレンスはみなしている。アダムはフランシスカンのイングランド管区総長 William of Nottingham 宛書簡においても述べている。*Letters*, II, 464–7.

同時期パリで生じていた托鉢修道会に対する聖職者に対する俗人の反感を、アダムがグロステストに伝えている（書簡24）。これは1251年パリで生じたPastoureauxと呼ばれる在俗信徒たちによる反聖職者暴動であり、フランシスカンらの托鉢修道士も標的にされた。アダムはグロステストに「魂を破壊する者たちへの神の処罰を」と働きかけている。当時フランス国王ルイは1250年2月のマンスーラでの敗戦以後、一時イスラム勢力の捕虜となり聖地に留まっていたので、代わりに王母のブランシュ・ド・カスティーユが、最初は信徒の運動に支持表明したものの、のち態度を翻して禁令を出して反乱者を取り締まった。イングランド王も五港都市の守備隊に、Pastoureauxの上陸に対処するよう命じた[33]。アダムが「暴動によって全能の神の威厳が大いになじられた」と判断し、彼らを扇動した者たちが暴動を「神が聖職者の腐敗に対する怒りの杖として使おうとした」と述べたことを、「嘘をつくことである」とみなしてグロステストに書き送っている。

（10）グロステストの神学者としての学問上の貢献として見逃されてはならない分野が自然科学である。アダムの書簡にもこの分野での交流が記されている。書簡47には1252年のガーンジー島での海底噴火の様子が神学上の宇宙観と共に語られている。「過去には聞かれなかった兆しの意味は何でしょうか。すなわちガーンジー島insulam de Gerneshey では、それは英仏両王国の境ですがutrique regnorum Francie et Anglie、炎の球がしばしば海から跳ね上がるのがflammarum globi de gurgite marino frequentius、陸地の高いところから見られます。大量の石を吹き出し、その他のものと共に消せない大火災を起こしています。住民が非難させられた時、火災が止むと、武装した兵士が、火災退治の戦闘に携わり、戦いが終わると知らない場所へと避難します。確かなことは我々

33）1251年7月8日。*Calendar of Charter Rolls 1247-51*, p. 549; *Chronica Major*, v, pp. 246-54; *Annales Monastici*, i, pp. 290-3; Cohn, N., *Pursuit of Millenium*, pp. 82-7.

に何も為し得ることは無く、ただ邪悪なものが狂徒のように振る舞うだけという状況です。選ばれた者は哀しみ、彼らがあれやこれやの慣れない出来事に直面して、良き方向へと祈り、天上の主の慈悲ある配慮を求めるのです」と。アダムは「私に知らされたことを繰り返しているだけです。それも控えめに、証拠のあることだけを」と述べており、伝聞情報のうち証拠あるとみなされた事象をグロステストに書き送った。それに対してグロステストが返事をアダム宛に送り返したのであろう。書簡冒頭で「ご親切に猊下が私にお送り下さった書簡は大いに慰めを与えてくれました」と書かれている[34]。

アダムがグロステストに期待した内容も書かれている。「この最悪の日に、猊下は世界の来るべき真実の変わることのない審判を予言し、それはこれまで不信心者の不信仰によって侮られてきましたが、猊下の英知と聖なる心において、猊下が世界の驚くべき真っ逆さまへの破滅への転落について熟考されたことを知っております」と書き、グロステストが信仰だけではなく英知によって世界の未来を予測していると、アダムはみなしている。そのうえで、アダムがグロステストに願うのは、「様々な混乱人生の只中にあって、より高き道、思考的哲学の幸福がviam eminentionem speculative felicitatis挫折させられませんように、主が我々にできるだけ早く主の配慮をしてくださいます様に」ということである。自然災害に人間は勝ち得ず、天の配慮を求める他はなく、それには哲学的思考と信仰心が必要であるとグロステストが考えていると、アダムはみなしている[35]。

1236年のいわゆる「マートン法」に関して、イングランドにおける婚姻順正問題で、グロステストが非嫡出子の相続権について好意的な教会

34) 海峡諸島における海底からの溶岩流出については、次のウェッブページを参照。https://www.bbc.uk/jersey/content/articles/2009/03/18/rocks_wonder_feature.shtml 及び https://www.jerseyheritage.org/collection/Keywords/archive/content.subject/slidea/　2022年6月30日アクセス。

35) 書簡55にも自然の災害への言及がある。

法を世俗法に優先させたことは良く知られているが[36)]、Warin de Munchensyが妻Deniseとの結婚に際して然るべき配慮（寡婦産）をしなかった事件を、教会裁判権で審査するよう、アダムはグロステストに助言した（書簡25）[37)]。

書簡集にはこれまでに取り上げた以外にも様々なテーマが含まれているが、最後に、アダムがカンタベリ大司教の管区巡察に同行するように求められた際に、一旦拒否するものの、結局同行し、その結果知った事例についてグロステストに報告した書簡があることを付け加えておこう（書簡32, 52）。

書簡を用件によって分類し、数の多いテーマごとに例を挙げつつ紹介してきた。これらの書簡の内容検討の結果を要約しておこう。

（1） 聖職へ推挙された人物に関する司牧能力の有無や素行の調査を、アダムがグロステストから依頼されて報告し、グロステストはそれに基づいて、叙任するか否かを決断していた。

（2） グロステストもアダムも神の絶対性を確信しており、それに基づいて世界全体の聖化という目的を果たし、信徒を救済することを目指した。

（3） 司教区統治の制度や諸役人の配置が如何に整っていたとしても、それだけでは司牧目的が順当に果たされることを保証しない。司教の司牧用資産について、司教家政の諸役職者の会計能力や権限の公正な運用・執行をアダムが重視し、人物評価をグロステストに報告し、改善を促した。

（4） グロステストがリンカン司教区内のオクスフォード大学のChancellorの人事権を掌握し、また神学学位授与にも関与し得ることは、神の恩寵に基づくという認識に由来することをアダムが書簡で語ってい

36）Powicke, F. M., *13th. Cent.*, Oxford, 1953, pp. 69-72.

37）L. Wilkinson, *Eleanor's Account Rolls*, Pipe Roll Society, 2020, intro. liii.

る。大学人もその認識を認めており、学問の独自性を維持するための拠り所として司教の権威に期待した。

(5) レスタ伯シモン・ド・モンフォールがガスコーニュ総督として統治にあたる際、天の助言に従うことを決意していたことをアダムは強調し、グロステストに書き送った。その際、シモンの世俗的統治の仕事が神意に沿うものであることを、肯定的に評価している。神学と哲学に基づく世俗的統治というアダムの国制観が読み取れる[38)]。

(6) 書簡や書籍の貸し借りはアダムとグロステストの間だけではなく、国王、諸侯、高位聖職者、貴婦人の間で広く行われていた。十字軍の動向などもこうして流布していた。

(7) 司牧活動に関しては、司教がカンタベリ大司教やローマ教皇に従属していることを、グロステストは肯定していなかったが、アダムは司教の信念を支持しつつも、穏やかな対応を勧めた。

(8) グロステストは神の代理人としての司教として自己を位置づけ、カトリック信徒全体に対する司牧者としての立場を高く掲げ、世俗権力者をも司牧者に従う者とみなし指導する態度をとった。アダムは国王を敵視してはいないが、グロステストの姿勢を支持した。

(9) グロステストはフランシスカンに、説教者としての職務や大学で神学を研究教育する能力の獲得を期待し、アダムはその期待に沿う行動をとった。

(10) 神の被造物である自然を人間は支配制御し得ないという神学的解釈と、アリストテレス哲学に由来する理性的思考の尊重とが、アダムの思想には併存している。

---

38) アリストテレス『政治学』iii, 6 、「共通の利益を目標にする国制は、無条件的な正しさにかなった正しい国制であるが、支配者の利益のみを目標とする国制はすべて、誤った国制である。」(岩波版『アリストテレス全集』17、p. 148.)

2　フランシスカンとしてのアダムの神学観

アダムからグロステスト宛書簡を取り扱われた内容に沿って分析した結果、フランシスカンとしてのアダムの神学観の特徴といくつかの論点が浮かび上がる。書簡の編者であるローレンスの言葉から分かるのは次の諸点である。彼はアダムの書簡を神学観の史料としては検討していない。またアダムの司牧観やオクスフォードでのフランシスカンへの教育については経歴として紹介するのみで、その研究や教育の内容については、司牧能力の重視、新入会者への教育の徹底以外には触れていない。ただ当時の研究の一般的傾向を次のように指摘している[39]。1250年前後の時代にパリ大学では聖書解釈よりも、論理重視の神学が流行していたが、オクスフォード大学での神学の講義においては、聖書聖句の体系的解釈を重視する教育が行われており、グロステストもアダムもこの傾向を支持していたと。

ここでは先行研究を検討したうえで、ローレンスとは異なる視点から書簡を分析する。書簡を史料としてアダムの神学観そのものを研究したのはLavalléeである[40]。アダムを知的世界と政治世界の連結役として位置づけ書簡8と44を例にして、聖界と学問界の両方に関わり、結果的に実践的役割を果たしたと結論している。しかしアダムの発言のどの部分が実際の政治に影響したのかについての証拠は挙げられていない。彼女は書簡118を例に、聖職者間の不和の解決に際して、不和をめぐる討論、

---

39) Lawrence, C.H., 'Adam Marsh at Oxford', Robson, M., & Zutshi, P., eds., *The Franciscan Order in the Medieval English Province and Beyond*, Amsterdam UP., 2018, pp. 159-160, 172-79; Lawrence, *The Letters of Adam Marsh*, Oxford, vol. 1, 2006, xxx, xxxiv; Lawrence, 'The Letters of Adam Marsh and the Franciscan School at Oxford', *Journal of Ecclesiastical History*, 42-2, 1991, pp 236-7.

40) Lavallée, Emilie, 'Contests and Sweet Dispute: Counsel and Debate in the Correspondence of Adam Marsh', Early Workshop in Medieval Intellectual History, All Saints College, Oxford, 22 March, 2018, Academia edu. (2022, 3, 16 accessed) pp. 2-3, 3-5.

その結果としての和解が、救霊を目的とする天の教えであるとアダムが主張していると結論する。該当箇所を読むと、この書簡でアダムは、二人の聖職者間の不和の解決のため、グロステストのファミリアの一人である John of Stokes に対して、二人のうち一人宛に和解に努める手紙を書くよう勧めている。現世の当事者間の話し合いによる解決ということは、救済が神の導き無しに齎されるような対処方法である。不和解決に際して両当事者の信仰心は語られていない。神意に基づく現世の平和維持という説の例ではない。

これは神の絶対性に関する論点である。アダムが「その世界では完全な平和の永続の中で神が全ての全てである、とお示しになることであります」（書簡 28）と述べているように、創造主としての神は絶対の存在と位置付けられていることは明らかである。フランシスカンの神学や世界観が、グロステストが目指したイングランド教会の改革に与えた影響は何か。それは人間の理性とキリスト教信仰との関係についての、フランシスカンであるアダムの考え方と関係するとみなすべきであろう。アリストテレス哲学の受け入れについて、フランシスカンのボナヴェントゥーラとドミニカンのトマス・アクイナスとの違いについて、神学者の研究がこれまでに表明されてきたが、その中にアダムの書簡から読み取れるイングランドのフランシスカンの思想を如何に位置づけ得るかを実証的に示す必要がある[41)]。これに関する証拠をアダムの書簡の中に読み取ろうとすると、一つは聖界と俗界の関係は如何なるものかという論点、もう一つは自然を神の被造物とみなすか、神なしに存在し得るものとみなすかという論点についての証拠を読み取る必要があろう。

アダムはフランシスカンになる前に、ダラム司教領内の Bishopwearmouth の教区教会の司祭であったが、それを辞して托鉢修道会士となっ

41）Robson, M. and Zutshi, P., *The Franciscan Order in the Medieval English Province and Beyond,* Amsterdam UP., 201; 坂口昂吉『中世の人間観と歴史・フランシスコ・ヨアキム・ボナヴェントゥーラ』創文社、1999 年などを参照した。

た[42]。オクスフォードで学問を修めてからはフランシスカン・スクールで講師 Lector を務め、神学学位を取得し、神学教授職をも務めたが、聖職には就かなかった[43]。従って聖職禄も受けていない。つまり教皇から聖職に叙任されたわけではなく、国王から聖職禄にあたる所領を宛がわれたわけではなかった。両者の権威から独立し得る存在であった。誰かの利害にこだわることなく、自由に発言し得る存在であった。

ローレンスによれば、アダムの著作とされている神学論文にあたるものは特定することが難しく、真正の著作と言えるのはこの書簡集に含まれる著作のみであるという[44]。ローレンス版の書簡集が刊行される以前のアダム書簡校訂本は、Brewer が編纂したフランシスカンの書簡集で、その中にはフランシスカンの巨匠ボナヴェントゥーラ宛書簡や、ヨーク大司教となったフランシスカンの Sewel 宛書簡が含まれており、今回の版にも収録されている。書簡はアダム個人の見解というより、フランシスカン全体の神学観を代表すると、近代以降の研究者にみなされて来た存在であった[45]。アダムの死後、弟子たちがアダムの書簡集を編纂したのは、当時托鉢修道会に対する在俗教師や、旧守派カトリック聖職者からの神学上の攻撃に対処する理論武装の必要があったのかもしれないと、ローレンスは政治的背景を推測している[46]。

第1章で検討した書簡の中では、アダムが神の絶対性を前提に、司教グロステストの神学に基づく助言を求めるという形式の叙述がたびたび登場する。実例を挙げる前にアダムの神学観に関するもう一人の先行研究者の意見を聞こう。

A. パワーは、アダムは托鉢修道士でありながら、国王や諸侯など世俗

42) Robson, 'Thomas de Eccleston', in *The English Province of the Franciscans*, Brill, 2017, p. 15.

43) Lawrence, 'Adam Marsh at Oxford', p. 159.

44) Ibid., p. 162.

45) Lawrence, *Journal of Ecclesiastical History*, 42-2, 1991. p. 220.

46) Lawrence, *JEH*, p 221.

権力者と親密に交流し、そのことがむしろ神学的効果を高め得ると確信していたとみなす[47]。すなわち修道士として政治的中立性の維持を保つことと、権力者と協働することによる司牧の効果との複雑な関係をこの論文で論じている。ローレンスを引用しつつ[48]、教階制の厳格さが、上記のような両義性を支え得たと結論する[49]。彼女によれば理想の教会とは精神的な意味での国家にあたり、高位聖職者は不道徳な司祭を叱責する資格がある。修道院内に隔絶された修道士 monk に対して、托鉢修道士は世俗世界に住み、都市内で説教するので、聖俗の理想の関係を論じる資格がある。托鉢修道士は世俗世界へと信仰を広め、カトリックの普遍性を実現し得た。彼らは第 4 回ラテラン公会議カノンの決定、すなわち毎年の悔悛、贖罪、教会制度の中央集権化（カノン 1、3、21）を遵守するほか、世俗国政への助言、警告、介入をも可能とみなしていたと、パワーは断定している[50]。アダムはヨーク大司教 Sewel 宛書簡で、「大司教は傑出した人物であらねばならず、大司教は天の階層制にも属しており、そこでは彼が自分の下にいる人に与えるようにと天のカリスマの超能力を与えられている」と述べている[51]。アダムの中では世俗世界と信仰とは繋がっており、「修道士が目指すべきは、すべての権力が全ての人に、教会の教義と個々人の振る舞いに関する教会の規則に同一化する必要性や、その宇宙観についての見方を押し付けることに沿って働くことである」とみなしていたとパワーはいう[52]。

47）Amanda Power, 'The Friars in Secular and Ecclesiastical Governance, 1224 – c.1259', in Robson, M. J.P., *The English Province of the Franciscans, 1224 – c.1350*, Leiden, 2017, pp. 28-45.

48）Lawrence, *The Friars*, Harlow, 1994, p. 177.

49）Power, *The Problems, Rules and Observance*, ed. by Mirko Breitenstein, Berlin, 2014, pp. 129-67.

50）Ibid., p. 39; Tierney, C., *The Crisis of Church and State, 1050-1300*, Toronto, 1988, pp. 127-157.

51）書簡 II, pp. 576-7, 584-5.

52）Power, op.cit., pp. 41、44. 同じ趣旨の論調は、Power, 'The Uncertainty of Reformers: Collective Anxieties and Strategic Discourses', *The Thirteenth Century England*,

パワーの主張は、アダムを世俗権力者への警告者と見做して、托鉢者の世俗的側面に焦点を当てている。これでは、中立性を保証できなくなるのではないかという疑問に答えることは出来ないだろう。アダムが、パワーが述べるように「理想の教会とは精神的な意味での国家」と見做したとすると、聖職者が天のカリスマの中に位置付けられているという彼の主張と矛盾する。パワーの論旨と書簡の文言がかみ合っていないと言える。

同じことは上記したLavalléeの別の論文にも見られる[53)]。世俗界の不和の原因を武力や金銭などで世俗的に解決しようとすると、しばしば報復が発生して不和は絶えない。13世紀前半フリードリヒ2世時代の皇帝と教皇が対立していた時代に生きたアダムやグロステストは、その不和を実感していたであろう。アダムが世俗的に問題を解決していたとみなすLavalléeやパワーの議論には、神の絶対性や超越性への顧慮が足りない。この難点を克服するには、書簡の中のアダムの文言に神の絶対性や超越性の証拠を見つける必要があろう。それを実証できれば、人間世界の上位に位置する神を絶対視し、その権威を信仰する信者共同体の構築を、世俗的利害を捨て、修道院にも籠らないアダムや、教皇庁にまで出かけて信仰の理想を説いたグロステストは目指していた、と考え得るであろう[54)]。

上記したように、書簡の記述を再度検討する。アダムからグロステスト宛書簡60通を見た限り、司牧者が信者に、パワーが主張するような「宇宙観を押し付ける」という記述は読み取れない。信者側がカトリック信仰をどう受け止めたかの記述は見られず、むしろアダムは教区教会で

XVI, Boydell, 2017. pp. 1-19にも見られる。

53）Lavallée, Emillie, 'Lights in the Darkness: Counsel, Deliberation and the Illumination in the Letters of Adam Marsh', Lynde Schumacher, *Early Thirteenth Century English Franciscan Thought*, 2021.（doi.org/10.1515/97831106844834-006 accessed on 2022.7.8）

54）拙稿「リヨン」。

信者に司牧を施す司祭やヴィカーの司牧能力の不足を嘆き、より能力のある人物を叙任すべきであると説いている（書簡 14、10、21、27）。

その中には神の絶対性を説き、この世は神の治める王国であると説く書簡も見いだせる（書簡14）。書簡16では信者から救世主への信頼（ヨブ記39:1-2）を引用して、主は使徒の代理人に対して、「世界を克服し、救済という高度の仕事のために力を享受する主の無敵のチャンピオン」であると見做したとアダムは述べている。書簡20では、偽ディオニシオスに依拠して、「神の力、神の英知、神の聖性がサタンを聖人の足元に叩き潰すことは、全能の神の英知への信仰を獲得した全ての者には確かなこと」と述べている。

神の絶対性は普遍的、総合的であり、神は自然も人間をも含めて被造物に対する救済を達成する。そのような神への信仰は人間世界すべてを包む総合的な救済を実現する。書簡26には次のように書かれている。「神が疑いのない審判者であるので」「私は罪深いある司祭についてヨークのトマス（アダムの弟子）宛に書簡を送りました」。また「いと高きところの英知、それはすべてのものを秩序付け、端から端まで力強く到達するのですが、その英知が、この悪の時代に困難な救済の役目を果たしておられる猊下を支持してくださいます様に」（書簡 26）と。書簡 27では、高位聖職者としての司教の任務が神に由来するとの見解について、「猊下の聖性の援助を通して、慈悲深き神は次のように我らに与えられた。オクスフォード大学における混乱は落ち着きましょう、何故なら神の名誉と学者のメリットの故に」と位置付けている。

書簡21では、世俗の紛争は「神の慈悲が機能して、分別ある討論によって鎮静する」と述べられている。人間世界の不和を神が直接解決し、救済するのではなく、人間にその解決能力を与えてあるので、信仰者全体の公共性を尊重すれば話し合いによる解決が可能である、それが神の教えであるとアダムは述べているようだ。これを最もよく示すのが、シモン・ド・モンフォールのガスコーニュ統治を断罪しようとしたヘンリに対する、アダムの非難が書かれた書簡30である。ヘンリに断罪されかけたシモンは「天の助言に従い、魂の救済を求める」と周囲に語った。パーラメントでヘンリから現地住民に対するシモンの統治の厳しさを追求されたとき、出席した諸侯たちを、「忠誠心において固く、言論が理路整然とし、恒常性において一貫しており、豊かで経験ある人、反対されても勇敢な人である多くの有力者たち」であると見做し、彼らがシモンのガスコーニュ統治については、「ガスコーニュが軍事的行為と統治において平和であり、教会と国王陛下の威厳のために統治されている、そして同時に聖俗の安全保障のために統治されている」と述べた、とアダムはグロステストに報告した。世俗的不和が俗人諸侯の話し合いで解消したことを、アダムは、「神の名を恐れ、神の愛によって勇気を与えられて、…自分の希望を主に託し、至高の神を喜んで信じ」たシモンが、神意に従った結果であるとみなしている。

世俗諸侯間の話し合いによる不和解消は、いわば権力者間の共通利益を維持するための決着である。シモンの答弁が理路整然としているということは信仰ではなく理性による説得である。しかしアダムはこの経緯を経て、ガスコーニュ全体の平和という信者全体の公益が維持されたとみなし、シモンへの神の祝福の結果であるとみている。信仰をもち理性に基づく合意の結果、世俗世界の公益が守られたとみなされている。絶対神への信仰は天上界での平和に止まらず、現世の平和をも維持し得るという意味で、信仰の持つ聖と俗の包括性をアダムは重視している。

アダムの書簡からは、彼の神学観の特徴として、神の絶対性、信仰の統合性の他に、信仰者の一体性を重視するという特徴をも読み取り得る。

グロステストがアダム宛書簡において「私は人間ではなく、孤独を好む孤立した獣だ」と書き送ったことに対して、アダムはヨハネによる福音書を引用して「聖なる父よ、私に与えて下さった御名によって彼らを守って下さい、私たちのように、彼らも一つになるためであります（John 17:11)、そこで伺います、永遠の望みと天を仰ぐ熱意とは、人間を、神の子において選ばれた魂のみならず、天にいる魂の仲間へと結びつけるでしょうか」、と問い直した。その際グロステストはアリストテレスの言葉、「誰も友人無しに生きることを選ばない」(ニコマコス倫理学、viii, 1)を引用しており、アダムもそれを踏まえて質問した。そして次のように述べる。「猊下の行動は神の名誉となり、人間の救済の増大となりましょう。お願いしますのは、猊下が至高の恩寵、天使の保護、聖人の援助、秘蹟の同意を与えられ、悪夢の怒りや恐るべき働きに対抗して、世界全体の聖化の目的を果たされることです。その世界では完全な平和の中で神が全ての全てであるのです」(書簡 28)。

「主は彼の王国に属す人すべてが一体性や平和を求める」、「天が猊下に与えた英知に従って、前述の両当事者が様々な攻撃に由来する不和を減らし、神の援けをもって、彼らの間に一体性と協和をもたらすように」(書簡 57)。

神の絶対性、信仰の総合性、信者の一体性という点について、アダムがグロステストの神学の特徴を理解し支持していることが読み取れる。と同時に、両者共通の目標が世界の救済、平和の維持、信仰者共同体の成立であることも読み取れよう。

おわりに

書簡から判明するグロステストとアダム・マーシュの司牧観、カトリック世界観は次のようになろう。

グロステストは司牧の徹底のため、中央から地方への、そして上から下へのカトリック信仰の普及、広布を進める方針を持ち、その方針をアダムは支持した。

高位聖職者が信仰を普及させる根拠として、その信仰の正しさを保証する必要があり、自ら神学研究を行うと同時に、オクスフォード大学の神学者による神学研究を支え、推進させ、フランシスカンにも成果の普及を手伝わせた。

司教区内の司牧のための組織、制度として大助祭から教区司祭に至る聖職階層制が存在していたが、それがうまく機能してなければ、意図した効果は得られない。その成否は各階層の聖職者の司牧能力に掛かっている。そのため制度を円滑に機能させる職務遂行能力の実態が、目的に沿うものか否か点検し（巡察）、不整合な事実があれば修正、矯正した。(制度と運用と点検)

グロステストとアダムがカトリック信仰に込めた思いは、神が絶対的存在であるという確信[55)]、信仰はすべてを包む包括性を備えているという確信[56)]、そして聖職者の活動が公益性を備えているべきであるという確信[57)]に基づく。逆に言えば司牧を受ける信徒の主体的信仰心を鼓舞すること自体は、高位聖職者の司牧活動に含まれるとは見なされていない。司教は説教を行うが、告解を聴聞し赦しを与える活動は教区司祭やヴィカーの任務であるとみなされ、グロステストは托鉢修道士にもその役割を期待していた。(グロステストにはそのための「贖罪規定書」の著作があり、そのコピーが複数作られたことが知られている[58)]。)

教区の信徒に関して司教自身が行う司牧活動は司教による教区巡察である。これについては別の史料の分析が必要であり、今回は割愛する。

アダムがグロステストに、司祭やヴィカーが結婚しているという事実を報告し、その報告を根拠に司祭やヴィカーを免職する、或いは司教座会計官の不正が報告されると、それに基づいて当該司教座家政役人を免職にするなどは、司教の世俗的権利の処理事項と思われてきたが、それ

55）書簡 47, グロステスト宛 I. 126–27; John 14:6。シモン宛 II, 342–43.

56）書簡 245, *Letters* II. pp. 610–11.

57）書簡 40, *Letters* I, pp. 114–5.

58）C. Rider, 'Lay Religion and Pastoral Care', *Journ. Med. Studies*, 36, 2010, 327–340. Goering and Mantello, 'Notus in Judea Deus: Grosseteste's Confessional Formula in Lambeth Palace MS 499', *Viator*, 18, 1987, pp. 253–273. 28 項目の規定。pp. 266–273.

は、司教を国王の直属授封者（聖界諸侯）とみなし、司教の司牧者としての側面と切り離す、いわば俗権を主体とみなす観点からの解釈である。グロステストの神学観から見れば、司教が神の代理人として聖俗信徒の上に立つ高位聖職者として行動する際に、彼の手足となって働く大聖堂役人も公益性を備えているべきであるとの彼の確信に対する違反事項であると考えることもできる。

国王や諸侯の政治事項に対しても司教が発言した事実を、グロステストの傲慢さの故とみなす研究も見受けられるが、カトリック信仰者としては聖職者も俗人も対等平等であり、信仰世界全体に対して、神の代理人としての聖職者が神の声を届ける司牧行動には、全信徒が従うべきであるという確信を、アダムとともに持っている。人間は全能ではないのでしばしば間違うが、絶対の神は誤りのない決定を下すという確信に基づいて、神を信じ、聖書研究に基づいて神の声を読み取る能力を獲得した聖職者は、公益性と包括性を備えた判断を、神の声として信徒に届ける義務がある。アダムの書簡から読み取れるのは、グロステストとアダムのこのようなカトリック信仰観である。

【付記】本稿は科研費補助金基盤研究(C)21K00931による研究成果の一部である。

『エヴゲーニィ・オネーギン』試論

近　藤　昌　夫

はじめに

近代ロシア文学の成立要件のひとつとして、辺境・後発の優位性があげられる。西欧を中心とした場合、辺境のロシアは、18 世紀初頭のピョートル大帝の近代化に伴い西欧化がはじまった。文学の領域でも、18 世紀中葉から 19 世紀前半にかけて西欧大衆文学が熱心に受容され、作家はセンチメンタリズムやロマン主義に学び、プーシキンに至って近代文学が樹立されたのだった。この間の受容史については、特に英文学の影響について考察した白倉克文『近代ロシア文学の成立と西欧』（成文社）や金沢美知子編『18 世紀ロシア文学の諸相』（水声社）等の優れた研究成果がある。

小論では、ロマン主義的主観主義の単一視点への隷属から解放された、複数の視点が同時的に存在するテキスト構成の可能性を、ロシア文学において初めて意識的に提起した[1)]、プーシキンの『エヴゲーニィ・オネーギン』を取りあげ、叙情詩から長編小説への移行を促した西欧文学の影響を例証する。

作品からの引用は、木村彰一訳『エヴゲーニィ・オネーギン』（講談社、1998 年）および小沢政雄『完訳　エヴゲーニィ・オネーギン』（群像社、1996 年）に拠った。記して謝意を表す。

1) ロトマン『文学理論と構造主義』勁草書房、1978 年、302 頁

1　モダン・クラシックとコミュニケーション・モデル

19世紀後半に世界文学となるロシア近代文学の特徴として一般によく指摘されるのは、作品数、作家の数が相対的に少なく、19世紀の約80年間という短期間に集中しているということである。たとえばサマセット・モームは『作家の手帳』で次のように述べている。

> ロシア文学を検討してだれでも驚かされるのは、その極度に少ないことである。もっともやかましい批評家たちが問題にすることは、十九世紀以前に書かれた作品の歴史的意義に尽きるようだが、ロシア文学はプーシキンをもって始まるのである。それから、ゴーゴリ、レールモントフ、ツルゲーネフ、トルストイ、ドストエフスキー、それにチェーホフ、それで終りである。研究家はさらに多くの名前をあげるが、彼らにはなんら重要さを認めるわけではないし、知らぬ者は一応それらほかの作家たちをあれこれ読んだ末に、けっきょくそういうのは知らぬままでもいっこうかまわないと悟るだけである。
>
> ぼくは想像してみた。もしイギリス文学が、バイロンとシェリー（シェリーのかわりをトム・ムーアにしてもいいだろう）とウォルター・スコットから始まったとしたら、どうであろうかと。それにつづいては、ディケンズ、サッカレー、ジョージ・エリオット、そして、ジョージ・メレディスで終る。とすると、最大効果が、これらの作家たちにはるかに大きな重要性をあたえることになるだろう。[2)]

モームはまた別のところで、ロシア文学にはドストエフスキーとチェーホフ以外にみるべき作家はいないとか、ロシアでは小説が高く評価さ

2）サマセット・モーム『作家の手帳』中村佐喜子訳、新潮文庫、1969年、231～232頁

れていると述べるなど、やや強引なところもあるが、作家・作品の数が相対的にみて少ないのは、ヒングリーも指摘しているとおりである。[3)]

また、内容の特徴として指摘されるのは、貧しく虐げられた「小さき人」を人道主義的に描いた、反権力・反「官尊民卑」をかかげる叛徒の文学だということことである。帝政と農奴制のロシアに駐在し、世界的ロシア文学ブームの火付け役となったフランス人外交官メルキオル・ド・ヴォギュエも、『ロシア小説』(1886) の中で、19世紀半ばになっても依然として専制君主制をひいていたロシアには当然のことながら議会も、言論の自由もなかったが、かわりに詩と小説が、ロシア人の倫理観・宗教的熱意、信仰の力、未来へ願望を託す表現手段としてロシア文化の中心的役割を果たしていたと指摘し、「生命の息吹であり、際立った真心と同情という特徴」をもつロシア文学が、疲弊したフランス文学に力を与えてくれるかもしれないと述べている。[4)]

人道主義と反逆精神の他に、とくに日本の文士たちの関心を集めたのが自然描写である。「私が十五、六歳の頃、小説家を一生の仕事に選んだ時、将来、書きたいと空想した小説の理想は、トゥルゲーニェフの諸長編と、茅盾の連作長編『大過渡期』だった」と回想する中村真一郎は、後年ツルゲーネフを読み返してこう述べている。

　そうして、第一長編『ルーヂン』の頁を開くに及んで、仰天してし

3) R・ヒングリーは、ロシア文学の第1級作品として以下の作品をあげているが、全部で16冊。また、19世紀初頭から今世紀初頭という短期間に集中している。プーシキン『エヴゲーニィ・オネーギン』(1825-31)、レールモントフ『現代の英雄』(1839-40)、ゴーゴリ『死せる魂』第1部 (1842)、ツルゲーネフ『ルージン』(1856)『貴族の巣』(1859)『その前夜』(1860)『父と子』(1862)『煙』(1867)『処女地』(1877)、ゴンチャローフ『オブローモフ』(1859)、ドストエフスキー『罪と罰』(1866)『白痴』(1868-9)『悪霊』(1871-2)『カラマーゾフの兄弟』(1879-80)、トルストイ『戦争と平和』(1865-9)『アンナ・カレーニナ』(1875-7) である。(『19世紀ロシアの作家と社会』川端香男里訳、中央公論社、1984年、24~26頁)

4) メルキオル・ド・ヴォギュエ『ロシア小説』//『世界批評大系　4』筑摩書房、1975年、349頁

まった。小説としては、信じられないほど、これは不出来な作品だったのである。

作者はまだ、サッパリ小説を書くコツを心得ていない。ここにあるのは作者のイデオロギーの理論的展開と、無闇と微細な詩的風景描写の、不器用な組み合わせに過ぎない。それを作者は「小説」だと言って提供しているのである。ここには小説を小説たらしめる、人物たちの葛藤による筋の発展がまるでない。よくぞ、これが小説として通用したものである。

しかし、作者の、伝統のない土地に、新しいジャンルを開拓するという、この未熟な冒険が、他の多くの後進国の作家たちに、道を開いてくれたのである。茫然のあとに感動が来た。[5)]

一般に以上のような特徴が指摘されるロシア近代文学は、様々な偶然が重なって誕生した。

きっかけはピョートル大帝の改革によるロシア社会の西欧化・世俗化である。文字をもつのが遅かった辺境のロシアは、長くモンゴルの支配下に置かれてルネサンスの光が届かず、文字で記録された大衆文学が育たなかった。しかし豊穣な口承文芸の伝統があり、歴史的に西欧修辞学に束縛されることもなかったので、ピョートルの西欧化に伴い、自由な表現形式である小説が西欧から流入すると、翻訳や創作を試みる作家、詩人が次々と誕生した。さらに19世紀初頭にナポレオンに勝利を収めると、ナショナリズムが高揚し、国民文学を待望する気運が高まった。そこに登場したのがプーシキンであった。

辺境で誕生した文学は、ロマン主義の風潮の中で注目され、西欧修辞学が重視した愛をテーマにしていたこともあり、衰退しはじめたフランス文学に代わって読者を獲得していったのである。

5）中村真一郎『文学的散歩』筑摩書房、1994年、111～114頁

ロシアの未来を構想する西欧派とスラブ派の対立や、ロシア正教、民族主義的な口承文学の伝統など、外国の読者には理解しづらい固有の問題もあったが、19世紀後半には世界規模で広く読まれるまでになる。

人口に膾炙したのは、やはり読者にメッセージを伝えようとした作家の才能と努力のたまものである。

一般にメッセージはどのように伝わるのか。文化領域にも広く転用されている、ロマン・ヤコブソンのコミュニケーションモデルを参照してみよう。

> 発信者addresserは受信者addresseeにメッセージmessageを送る。メッセージが有効であるためには、第一に、そのメッセージによって関説されるコンテクストcontext（"間説物referent"といういささか曖昧な術語で呼ばれることもある）が必要である。これは受信者がとらえることのできるものでなければならず、ことばの形をとっているか、あるいは言語化され得るものである。次にメッセージはコードcodeを要求する。これは発信者と受信者（言い換えればメッセージの符号化者と復合化者）に全面的に、あるいは少なくとも部分的に、共通するものでなければならない。最後に、メッセージは接触contactを要求する。これは発信者と受信者との間の物理的回路・心理的連絡で、両者をして伝達を開始し、持続することを可能にするものである。[6)]

ロシア文学も、このモデルが機能する環境がよく整い、メッセージが読者に届いてその面白さ・魅力が受け入れられ、広まったのである。たとえばツルゲーネフのケースを当てはめてみよう。

フランスで農奴制を批判していた反体制作家ツルゲーネフの作品は、

6）ロマーン・ヤーコブソン『一般言語学』川本茂雄監修、みすず書房、1976年、187～188頁

本国ロシアの農奴解放に寄与したといわれている。これはメッセージがよく理解され、広く支持されたためである。

ツルゲーネフは、フランス市民社会の成熟が、言論・書物・マスメディアを通して同時代のロシア知識人の間に知られていて、ロシア社会にも同様な変革を望む機運が醸成されつつあったことを心得ていた。メッセージに関説される「コンテクスト」を熟知していたのである。

ツルゲーネフは、メッセージの伝達に必要な「コンテクスト」の存在を前提に、ロシアにはなかった、パリのカフェの「サロン」文化すなわち政治や思想をめぐる自由な議論を、自然豊かなロシアの地主屋敷（ウサーヂバ）での会話・談話に置き換え、ロシア人読者に農奴制廃止のメッセージを伝えたのだった。

サロンという密室を「ウサーヂバ」の空間――食卓や居間、テラスや四阿、森――にコード・スィッチングしたことで発信者ツルゲーネフは、小説によって受信者である読者との接触を可能にし、喫緊の社会的問題を扱った物語によって読者との心理的な連絡を可能にしたのだった。

こうしてツルゲーネフは『貴族の巣』、『父と子』、『猟人日記』等によって農奴解放に寄与したのである。

例えばこのようなコード・スイッチングも文学的技法のひとつだが、工夫の達人といえば何といっても近代ロシア文学の礎を築いたプーシキンである。

国民詩人プーシキンとトィニャーノフの「交替」

その国の特徴をもっともよくあらわす最もすぐれた詩人を国民詩人という。ギリシアではホメーロス、ローマではヴェルギリウス、イタリアではダンテ、イングランドはシェークスピア、ドイツはゲーテが国民詩人の称号を与えられている。ロシアの国民詩人プーシキンはどのように民族の精神や感情を表現したのだろう。カラムジンやジュコフスキーなど先哲の作品や、西欧文学に倣ったのだろうか。

プーシキン研究の権威ユーリィ・トゥイニャーノフは文学史と文学について「文学の進化について」という論文の中で次のように述べている。

> 古い文学史の基本概念である〈伝統〉とは、ある体系の中で、一定の「役どころ」を占めて一定の役割を果たしているひとつないしそれ以上の文学的要素を不当に抽象することであり、さらにそれらの抽象された要素と、別の体系のなかで別の「役どころ」を担っている同種の要素とを結びつけて、見かけ上は統一を保っているひとつの疑似体系をつくりあげることなのである。
>
> 文学の主要概念は交替であり、〈伝統〉の問題は別の次元に持ち越される。[7)]

トゥィニャーノフによれば、文学の進化・発展とは「役どころ」をつないでゆくものではない。重要なのは、役をかえてしまう、「交替」させることだという。

この「交替」こそ、文学の創造にとって重要なのだといったトゥイニャーノフは、プーシキンについて、19世紀ロシアのほとんどすべての文学がプーシキンと「暗黙の闘争」を続けていたと指摘している。[8)]プーシキンは「役どころ」を新しく創造した作家で、その後の作家たちはプーシキンを乗り越えようと、知恵をしぼったのである。プーシキンが後輩作家に大きな課題・難題を与えた結果、19世紀後半のロシアに優れた作家が排出した、といっても過言ではない。

ではプーシキンは、どのようにして凡庸で月並みな関連性、連続性にとらわれることなく、独創的な作品を書くことができたのか。『エヴゲー

7）トゥイニャノフ「文学の進化について」// 桑野隆・大石雅彦編『ロシア・アヴァンギャルド6　フォルマリズム』国保刊行会、1988年、191頁

8）トゥィニャーノフ「ドストエフスキーとゴーゴリ」// 篠田一士編『20世紀評論集』集英社、1974年、197頁

ニィ・オネーギン』に探っていこう。

同時代のロシア文学とプーシキン

プーシキン自身は同時代のロシア文学をどのように理解していたのか。プーシキンは新しい国民文学の創造に自覚的だったのだろうか。

1834年の評論「О ничтожестве литературы русской」で、プーシキンはまず、ヨーロッパから遠く離れたロシアの地理的要因と250年間のタタール支配による文化的孤立にふれたあと、古い文学には『イーゴリ軍記』しかみるべきものはないと断言している。そして、ピョートル大帝の仕事を評価し、ロシア近代文学に決定的な影響を与えたフランス文学について詳細に解説しはじめる。プーシキンのフランス文学論は17世紀初頭からヴォルテールに至り、ドイツ、イギリス、イタリアを例にしてその影響力の大きさを示すと、評論を「さあロシアに取りかかろう。」と結んでいる。つまりプーシキンにしてみれば、同時代のロシア文学には語るに値する作品は何ひとつないということなのだ。かってなかったし今もない。祖国戦争でナポレオンに勝利したロシアに、国民文学を求める気運が高まっているのに何もない、といいたいのである。

評論のタイトルに用いられているロシア語ничтожествоは、「無、空、卑小」という意味なので、この評論は「話にならないロシア文学」と訳せるだろう。

もちろんプーシキンはただ憂い、一方的に批判しているわけではない。このときまでに『ボリス・ゴドゥノフ』、『ベールキン物語』を刊行し、『エヴゲーニィ・オネーギン』を完成させ、『青銅の騎士』や『スペードの女王』など数々の傑作を書いている。評論「話にならないロシア文学」は、冒頭で、注目すべき作品がないのであれば、自分から「誠実な真実探求者の注意」を自分に向けさせなければならないと謳っているように、自分は率先して面白い作品を書いている、実践しているという意思表明ともとれる。

フランス語で意思疎通し、評論「話にならないロシア文学」で終始フランス文学に言及しているように、プーシキンは、かれの作品『エヴゲーニィ・オネーギン』にもS・コタンの『マティルド』やスタール夫人の『デルフィーヌ』などヨーロッパの愛の文学作品をちりばめているが、それらは単に同時代の嗜好に応えるためではなく、新しい作品のための手法としてテクストに取り込まれたのであった。

コードとしての西欧文学

プーシキンが『エヴゲーニィ・オネーギン』で触れている西欧文学は、かれ自身の文学的素地となった古典主義と、そのリバウンドからうまれた、センチメンタリズムそしてロマンチシズムの文学である。

秩序・調和・明晰・品位、啓蒙といった、理性による平等主義や「普遍性」を目指し、形式と規範を信奉する古典主義はロシアにも影響を及ぼした。絶対王政と結びついたフランス古典主義の影響を受けたロシア古典主義は、1760年代に最盛期を迎える。トレジアコフスキイ、ロモノーソフ、そしてスマローコフが代表的な作家である。やはり理性を尊び、合理性を重んじ、神話や歴史的事件を扱う悲劇、頌歌、風刺詩がつくられたが、西欧のような修辞学の長い伝統がなかったロシアでは、古典といってもギリシア・ローマではなく、ロシアの古い時代に題材が求められた。また、「詩学」の規則に必ずしも忠実ではなく、口語表現が自由に用いられた。

西欧では、18世紀中頃に古典主義への反動としてデリカシー、感覚・感受性が重視され、「主情」の時代が到来し、センチメンタリズムの文学がうまれた。苦しむ人に同情し、ともに痛みを分かち合うことが美得とされ、ヒロインには感情に影響された判断sentiment「情操、情緒」とその身体的な兆候sensibility「過敏な反応」が求められた。

センチメンタリズムに続いて、「古典主義」の反動として起こったのがロマン主義である。高い理想を求める個人の内面を表現するロマン主義は、18世紀末から19世紀初頭に、まず詩で、次に散文で作品が書かれた。一般に前半が現実逃避を、後半が時代と社会への反抗・反逆を特徴とするといわれている。

これら西欧の文学思潮は、1760年代頃から、プーシキンが活躍し始めた1820年代までのおよそ半世紀のあいだに、次々と辺境のロシアに流入し、大衆文学の誕生に大きな役割を果たした。

次にプーシキンが、それら西欧の大衆文学の何をどのように『エヴゲーニィ・オネーギン』で「交替」したのかをみていこう。

『エヴゲーニイ・オネーギン』（1825-32）はつぎのような物語である。

ペテルブルク社交界の遊び人オネーギンが、叔父から田舎の領地を遺産相続する。そこでオネーギンは近隣地主の娘タチヤーナと知り合う。洗練された伊達男オネーギンに一目惚れしたタチヤーナは、自分の熱い思いを手紙で告白するが、オネーギンは分別くさく彼女をあしらってしまう。

その後オネーギンは、友人であり、タチヤーナの妹オリガのフィアンセであったレンスキーを、ちょっとした気まぐれから決闘で殺めてしまう。オネーギンは旅立つ。

数年後、旅の途中でペテルブルク社交界に立ち寄ったオネーギンは、見違えるように洗練され、社交界の花として君臨するタチヤーナと再会。今度はオネーギンのほうが自分の思いを手紙にしたため、愛を告白する。だが、老退役軍人に嫁いだタチヤーナは、いまだにオネーギンを愛していたが、その気持ちを受け入れない。

タチヤーナとセンチメンタリズム

『エヴゲーニィ・オネーギン』は、ヒロインのタチヤナが少女から成熟した女性に成長していく一種のビルドゥングスロマンだが、タチヤーナの成長を辿る際に重要な意味をもつのが、その読書体験である。

少女時代のタチヤーナは物思いに耽る、沈みがちの少女で、書物が少女の生きる糧であった。

第2章29節

彼女は早くから小説に親しんだ。
それらの本は、彼女にとって、すべてのもののかわりをつとめた。
リチャードソンやルソーの作り話に彼女は心をうばわれた。

タチヤーナは、オネーギンの叔父の書斎からセンチメンタリズムを代償する作家たちの本を借りては読み耽り、自分が「クラリッサ、ジュリーやデルフィーヌなどに／なったつもりで」森を逍遙し、理想の思い人を想像する日々を過ごしていたのだった。そこに帝都からやって来た伊達男オネーギンがあらわれる。

第3章第9節

今や彼女はなんという注意深さで
甘美な小説を読み耽り、
心とろかすフィクションの泉の水を飲みながら
なんという恍惚感に浸り切っていることか！
霊妙な空想の力が生んだ
血の通う作中人物、
ジュリー・ヴォルマールの愛人や、
マレク・アデルやド・リナール、
不安に苦しむ受難者のウェルテル、
われらには眠気をさそう
比類なきグランディソン――
これらすべてが夢見る乙女の心の中で

ひとつの姿に身を変えた、
凝って一人のオネーギンの姿となった。

ルソーの『ジュリー、あるいは新エロイーズ』、コッタンの『マチルド』、クリューデナー伯爵夫人の『ヴァレリー』、ゲーテの『若きウェルテルの悩み』、リチャードソンの『サー・チャールズ・グランディンソン』の主人公たちがすべてオネーギンただひとりに像を結んだのである。すると、センチメンタリズムの物語の洗礼を受け、育まれたタチヤーナにはセンチメンタリズムのヒロインに欠かせない特徴があらわれる。

第3章10節

彼女の好きな作者が書いた女主人公の
クラリッサ、ジュリー、デルフィーヌを
わが身の上と想像しつつタチヤーナは
一人危険な書物を抱いて
静かな森をさまよい歩く。
タチヤーナは書物の中に自分の密かな熱情や、
自分の空想を、胸にあふれる思いのたけを
探し求めて見出して
吐息を漏らす。そうして他人の喜び、
他人の悲しみを我がこととして
愛する主人公に宛てた手紙を
我を忘れてそらでささやく。

日本語にも「心内にあれば色外にあらわれる」という言い回しがあるが、タチヤーナには他人の心を想像し、苦悩を分かち合う sentiment も、身体的な兆候 sensibility も確認できる。

第3章第16節

恋の悩みはタチヤーナを逐う。
物思うとて苑へ向かえば
不意に瞳がじっとすわって
先へ行くのも物憂くなる
胸がふくらむ　両頬に
見るまにさっとくれないがさす
吐く息がふっと途絶える
耳が鳴る　目が眩む……

このように、語り手はタチヤーナの心と身体の、愛情溢れる敏感な反応を気取って描写しているが、オネーギンに関しては、
タチヤーナの思い描くような男ではないと断言して第3章10節を結んでいる。

しかしわれらの主人公が、何者であるにしろ、
グランディソンでないことだけは確かであった。

そして『エヴゲーニィ・オネーギン』がセンチメンタリズム小説の単なる模倣でないことが、その象徴ともいえる手紙によって明らかにされるのである。

タチヤーナあるいは交替されるヒロイン

タチヤーナがセンチメンタリズムの文学に強い影響受けたヒロインであることが確認できたが、センチメンタリズムといえば「書簡体」小説である。書簡体は時代の産物だった。

市民社会が形成されると「公人」と「私人」の区別がうまれ、パブリ

ックな市民、公民の顔ではなく、プライベートな個人の内面とその生活に関心が集まった。他人のプライバシーを直にのぞいてみたければ赤裸々な告白、手紙が一番である。18世紀は「手紙の時代」といわれるが、手紙にこそ真実があるとみなされ、文学作品も、女性の読者が増えてきたことと相まって、ヒロインの内面、感情吐露、本音を縷々綴った書簡体小説が主流になった。リチャードソンは『クラリッサ』の序文で次のように述べている。

すべて手紙というものは、書く人の気持が自分の問題（その時は、これから先どうなるかわからない出来事）に心底かかわりあっていると思われる間に書かれるのである。だから、手紙は緊迫した状態に充ちているばかりでなく、いわゆる「即座の」記述、感想（それは若い読者の胸にしみじみと訴えるにふさわしいものであるが）にも、また心に触れる会話にも充ちている。（中略）「まさに現在」の苦悩の真最中に書く人たちの文体は、（中略）苦難や危機を乗り越えてしまって、それを物語る人の乾き切った、叙述的な、生気に欠けた文体と比べて、はるかに生き生きとしていて感動的であるに違いない。（依藤道夫訳）[9)]

時代が、「簡潔な形式や良識を尺度とする」、冷たい古典主義の文学ではなく、リアルで生き生きした感情・感覚を求めたのである。読者はヒロインの手紙を読み、彼女が味わった苦悩や辛酸に同情して涙したのだった。

当初は純粋な感情を表現していたセンチメンタリズムも飽和状態になると、バージェスのいう、涙を流すことを楽しむ「麻薬」のセンチメンタリズムに変質していく。ロシア・センチメンタリズムの金字塔といわ

9）依藤道夫『イギリス小説の誕生』南雲堂、2007年、245～246頁

れる、カラムジンの『哀れなリーザ』もカタルシスのセンチメンタリズムが指摘できるし[10]、『エヴゲーニィ・オネーギン』の語り手にはリチャードソンはすでに「眠気をさそう」(第3章9節) ものだった。

みたように、読書に耽る少女時代のタチヤーナは、書物を通して他人の私生活を覗き見ることで、自分の未来を想像する娘として造形されていた。恋と結婚と幸福な家庭を夢見ていて、西欧センチメンタリズムのヒロイン同様、センシティヴでセンチメントな特徴が指摘できた。タチ

---

10) アントニー・バージェスは『バージェスの文学史』(人文書院、1982、193 ~ 194 頁) の中で成熟したセンチメンタリズムについて次のように指摘している。

> スターンは「センティメンタル」という語を発明して、それを彼のフランス旅行記である『センティメンタル・ジャーニー』の題名に用いた。この作品には涙がたっぷりあり、特に鳥籠の中の鳥とか虐待される動物には惜しみなくそそがれているが、この新しい「センティメンタル」な情緒は今日のような感情的刺激に対し過剰反応をして溺れこむという悪い意味で使われているのではない。センティメントはよいもの、純粋な感情であるが、それを変にゆがめて一種の麻薬にしてしまうのがセンティメンタルな態度なのである。もし私が籠の鳥を見て涙を流し、そこで鳥を籠から放してやったとすれば、その時の私の感情は立派だと言える。何故なら、その感情は行動として実現されたからだ。それに反し、涙を流すのが心地よいからといって鳥を籠に入れたまま眺めたとすれば、私はセンティメンタルな情緒に溺れたとして非難されても仕方がないのである。スターンはそこまで行ってはいないが、『センティメンタル・ジャーニー』に登場する「センティメンタルな旅人」が自分のやさしい気持を楽しんでいるのは確かである。スターンは情緒に対する現代的な姿勢を作りだした人のひとりであり、やがてこの姿勢は行動や思考の一様相ではなくて独立の王国となった。

ロシア・センチメンタリズムの金字塔『哀れなリーザ』(1792) のリーザにも sentiment と sensibility が指摘できる。リーザは病気の母の薬を買うために、自分を犠牲にしてモスクワの町で花を売り歩いている貧しい娘である。ある日あらわれた若者エラストに彼女は恋してしまう。センチメントな少女の身体の反応を、カラムジンは次のように書いている。

> と突然、リーザは櫂の音を耳にした。岸を見やると小舟が目に入り、小舟にはエラストがいる。彼女は身体中の血管が脈打ち始めた。むろん恐怖のせいではない。彼女は立ち上がって歩き出そうとしたが、できなかった。エラストは岸に跳びあがると、リーザのところへやってきた。彼女の空想が少しばかり現実のものとなった。彼は優しく彼女を眺めて手をとったのだから…そしてリーザは、リーザは目を伏せて立っていた。頬は熱く火照り、心臓は震えている。

しかし、ここで注意したいのは序文にある語り手の次の言葉である。

> だが、私がシーモノフ修道院の壁の方へ足を向けるのは、何よりもリーザの、哀れなリーザの惨めな運命の思い出のせいなのだ。ああ! 私は心を揺り動かし、私に優しい悲しみの涙を流させるものが好きなのだ!

カラムジンのセンチメンタリズムにはスターンのいう倒錯的な「麻薬」のセンチメンタリズムが指摘できる。

ヤーナは、自分自身が苦悩苦痛を味わうだけでなく、他者の苦悩を我がこととして同情・共感できるヒロインであり、繊細無垢な感覚と豊かな感情に溢れ、身体にもそれがあらわれていた。

タチヤーナが愛読し、彼女を育てたルソーの『新エロイーズ』では、ジュリーは、サン・プルーから受け取った手紙に秘めたる熱い思いを綴って応えるが、ふたりは情熱とキリスト教徒としてのモラルの板挟みになって苦しみ、結局ジュリーは父の選んだ、身分相応の相手ボルマールの妻に収まる。

いっぽう『新エロイーズ』を愛読していたタチヤーナは、ジュリーの母が娘と家庭教師サン・プリーの手紙のやりとりを知って、ショックのあまり死ぬのを知りながら、大胆にも自分からオネーギンに宛て恋文を書き、渡すのである。

プーシキンは、センチメンタリズムの定型すなわち手紙を介在させてタチヤーナに、センチメンタリズムとはまた違う、ロマン主義の特徴を付与しているのである。

センチメンタリズムと初期ロマン主義から誕生した少女タチヤーナは、リチャードソンのパミラのように玉の輿に乗るのでもないし、ルソーのジュリーのように事故死するのでもない。ましてやカラムジンのリーザのように入水自殺するでもない。タチヤーナは自分からラヴレターを書いて渡すという、自ら考え行動するロマン主義的主体性を備えたヒロインとして造形されているのである。タチヤーナは、センチメンタリズムだけでなく、ロマン主義の特徴も兼ね備えた、新しいヒロインに「交替」されている。プーシキンにとって、同時代の西欧文学はすでに模倣の対象ではなく「交替」のための素材だったのである。

そして恋文を介して「交替」がより大きな問題を視野に入れていたことが明らかになる。

恋文を翻訳する語り手

第3章第10節の、語り手によるタチヤーナの紹介から読み取られた、タチヤーナのセンチメンタリズムの特徴は、タチヤーナがみずから書いた恋文でも確かめられる。

あなたが入っておいでになると、わたしは一目でわかりました、
全身がしびれて、燃えて、
心のなかでつぶやきました、この方だわ！と。
そうでしょう？ わたしには、あなたのお声が聞こえていました、
わたしが貧しい人々を助けていたとき、
または波立つ胸の悩みを
お祈りで和らげていたときに、
あなたはわたしと静寂のなかでお話しなさっていたでしょう？

少女タチヤーナの、熱い思いが身体にあらわれるほど感じやすい、繊細な感情 sensibility（「全身がしびれて、燃えて」）と貧者に慈善を施し、人の心の痛みをわが事として悩む sentiment（「わたしが貧しい人々を助けていたとき、／または波立つ胸の悩みを／お祈りで和らげていたときに、」）はここでも繰り返され、「コード」として取り込まれていることが再認できる。われわれはすでに物語現実でセンチメンタリズムのヒロインの「交替」をみたが、語り手は手紙を素材にして西欧文学の「交替」を試みている。

『エヴゲーニィ・オネ――ギン』が、書簡体小説『パミラ』や『新エロイーズ』と大きく異なる点は語り手の存在である。この一人称の語り手は、オネーギンとタチヤーナ、ふたりを知る詩人という触れ込みである。また『哀れなリーザ』の語り手のように、倒錯的な、「麻薬」（バージェス）のセンチメンタリズム小説に追従する全知の語り手とも異なる。『エヴゲーニィ・オネーギン』の語り手はリチャードソンの小説を「眠気を

さそう」と冷笑し、オネーギンはグランディンソンではないと水を差し、さらにフランス語で書かれたタチヤーナの恋文を散文的なロシア語に翻訳する挑発的な語り手なのである。

第3章第26節

いま一つ難儀なことが予めぼくには見える。
祖国の名誉を救うため
ぼくは確かにタチヤーナの
手紙を翻訳せずばなるまい。
彼女はロシア語をよく知らず、
わが国の雑誌も読まず、
生まれの国のことばでの
表現に苦労していた。
だからフランス語で書いたのだ。
詮ないことだ！改めてまた言うが、
今日に至るまで婦人の恋は
ロシア語で打ち明けられたことがない。
今日に至るまで気位高い我等の国語は
書簡のための散文に馴染まないのだ。

「書簡のための散文に馴染まない」とあるように、語り手の「ぼく」は、ロシア語が感情表現や恋の告白に馴染まないことを承知している。当時の貴族はフランス語を操り、恋を語る言葉はフランス語であった。タチヤーナも当時の貴族の習慣に倣って、オネーギンへの恋文をフランス語で書いた。それを語り手は「祖国の名誉を救うため」にロシア語に翻訳しなければならないという。

語り手は、何度読み返しても飽きることがないタチヤーナのフランス語の手紙を「肌身離さず」持ち歩いているという（第3章第31節）。それほど胸打たれる手紙を、語り手はあえてロシア語に翻訳し、「生彩に富む一幅の絵の色あせた模写」のような、「不完全、拙劣な翻訳」（第3章第31節）として読者に提示するのである。

わざわざロシア語に翻訳されたと聞いて当時の読者は訝っただろうし、失望も隠せなかっただろう。

手紙の翻訳については、ヴィノグラードフが文体を分析し、タチヤーナの手紙のロシア語はぎこちない翻訳の文体ではなく、自然なロシア語であると指摘しているが、ロトマンは翻訳という思想の重要性を強調している。[11]根拠は二つある。

ひとつは、ロシア語の成熟度を強調するためだという。プーシキンは「言文一致の改革を経たロシア語が、恋する乙女の気持を十二分に伝えられるほど、文学の言葉として成熟した」ことを証明し、読者の「期待の地平」（ヤウス）を逆手にとってロシア語の表現力を示したかったのだという。

思想としての翻訳と、トゥイニャーノフの「交替」に密接に関連しているのはもうひとつの根拠である。

語り手はタチヤーナの恋文について「このことばは誰にならったのだろう」と述べているが、タチャーナの恋文は西欧恋愛文学の詩句の寄せ集めからなっている。

ナボコフは『エヴゲーニィ・オネーギン』の注釈書で、恋文がルソーの『新エロイーズ』、バルモール夫人のエレジー、A.シェニエやバイロンも使っている紋切り型の常套句「ほかの人！」そのほかラシーヌ「フェードル」、ビンセント・キャンベノン、ジェーン・オースティン等など出典を事細かに明らかにしている。ロシアの作家ではヴャーゼムスキー

11）Лотман Ю. М. Пушкин. С.-Петербург; Искусство-СПБ, 1995. СС.624-625.
タチヤーナの恋文については拙論「タチヤーナの恋文—太宰治と『エヴゲーニィ・オネーギン』」（「SLAVIANA」1998年第13号」）も参照されたい。

の詩やカラムジン『哀れなリーザ』もあがっているが、いずれも西欧文学のエピゴーネンである。[12)]

ロトマンによれば、これはプーシキンが、西欧文学の愛の言葉を束ねた恋文をロシア語に翻訳したことにして感動的なタチヤーナの恋文が、西欧文学のそれに勝るとも劣らない恋文であることを示したのだという。

ロラン・バルトは恋文について次のようにいう。

> フィギュールは、進行中のディスクールの随所に、なにかしらこれまでに読んだことのあるもの、聞いたことのあるもの、体験したことのあるものが認知されるたびごとに出現する。それは切り取られうるもの（記号のように）であり、記憶されうるもの（イメージ、あるいは物語のように）である。誰かが、「まったくそのとおりだ、この言語状況には覚えがある」と言えさえすれば、それだけでフィギュールが設定されるのだ。言語学者は、ある種の専門的操作に関し、言語感覚といういたって漠然としたものの助けを借りる。フィギュールが構成されるについても、やはり、恋愛感情という案内者が最低限必要であり、それ以上のものは必要としないとも言えるのである。
>
> 豊かなものやら貧弱なものやら、テクストのちらばり方が不揃いだというのは、要するに大したことではない。たしかに空白時間のようなものもあって、多くのフィギュールが急速に途切れてしまう。また、ある種のフィギュールは、恋愛のディスクールの実体そのものをなしており、そのため、内容的には稀薄さ、つまりは貧弱さを呈することにもなる。たとえば「憔悴」、「イメージ」、「恋文」といったフィギュールについて、いったい何が言えよう。そもそも恋愛のディスクールの全体が、欲望と、想像的なるものと、告白とによ

12) Eugene Onegin trans. From the Russian, with a Commentary, by Vladimir Nabokov. Princeton, 1975, pp. 386-394.

って織りなされているのであってみれば。もっとも、今ここで恋愛のディスクールを維持し、そこから挿話を切り取っている者にしてみれば、やがて誰かがそれで本を作ろうなどとは知るよしもない。立派な教養をそなえた主体たるもの、同じことをくりかえしたり、矛盾したことを言ったり、全体を部分ととり違えたりしてはならないのだということを、まだ知ってはいないのだ。彼にわかっているのは、ただ、あるとき自分の脳裡を通過しているものが、特定のコード（昔なら、宮廷恋愛のコードであり、「愛の国の地図」であったろう）の刻印として、有標であるということにすぎない。[13)]

つまり恋文とは、ひたすら「あなたが好き」という「一途な気持ち」、高ぶる感情をあらわす無数の「常套句（トピカ）」のひとつにすぎないのである。バルトの言葉をかりれば、恋愛のディスクールの実体は「欲望と、創造的なるものと、独白」である。フィギュールは無数だが、いいたいことは古来、ひとつしかない。その意味ではタチヤーナの恋文も無数の常套句のひとつだが、プーシキンはここでもロマン主義的表現に、現実的な「気位高い」ロシア語を「衝突」（ロトマン）させることで「生きた内容を解明しようと」したのである。[14)]プーシキンにそのような文学的理解があったので、翻訳によって西欧文学の修辞学の歴史に、ロシア語の愛の常套句を対峙させたのである。

恋愛のトポスに収められた名句からできた恋文が、いまだ「夫人の恋」が「打ち明けられたことがない」ロシア語に翻訳されてもなお「恋文」として賞賛されれば、タチヤーナの手紙は、ルソー、バルモール婦人、ラシーヌ等々、名だたる恋の名文・名句と対等の地位を占めることになる。

結果、恋する乙女の苦悩と情熱と誠実さはロシア語で読者に伝わり、ベリンスキーによれば、タチヤーナの恋文は読書に慣れ親しんでいない

13）ロラン・バルト『恋愛のディスクール・断章』みすず書房、1980、7～8頁
14）Yu. ロトマン『文学と文化記号論』磯谷孝訳、岩波書店、1979年、148頁

人々も誰も彼も「夢中にさせ」[15]、恋文の文範になるほどだったという。プーシキンは、読者と西欧文学を相手に回して大勝利を収め、「祖国の名誉を救う」ことができたのである。

翻訳は、西欧文学の恋愛のコードの「交替」のためだったのである。ヤコブソンのモデルに当てはめると、恋文の翻訳は、ロシアの愛の物語の創造をメッセージにしたプーシキンが、西欧の模倣ではない、ロシアのディスクールに「交替」させるために導入した文学的手法だったのである。

このように、『エヴゲーニィ・オネーギン』の語り手は、西欧文学の伝統を、西欧文学との類似を通して転倒させる手法を自覚的に用いている。西欧文学との類似性をむしろ前面に出して関連性を強調し、具体的な類似・模倣・借用をつぎつぎとあげてそれらを批判的精神にもとづいてひっくり返す。そのようにして独自性・違いを強調していく。この語り手には、模倣し、価値を転倒させる優れたパロディ感覚が備わってる。

パロディにはオリジナルを冷静に読む客観的で批判的な視点が求められる。

複眼の語り手

『エヴゲーニィ・オネーギン』の語り手は、みたように、タチヤーナと感情を分かち合い、彼女とともに涙を流す情熱的な詩人である。

第3章第31節

何者がタチヤーナにこの優しさを
そしてこの愛すべき無造作な言葉づかいを教えたのだろう？
何者がタチヤーナに感動的なたわごとを

---

15)『ベリンスキー著作選集Ⅱ』森宏一訳、同時代社、1988年、157頁

無分別な心内の会話を教えたのだろう？
魅惑的な、その身に危険なやりとりを？
ぼくには理解できないことだ。

この一人称の語り手は、タチヤーナの苦悩を察することができるセンチメンタリズムの視点、そして情熱と誠意にあふれるタチヤーナの手紙に理解を示すロマン主義的視点、さらに向こう見ずな行動を批判する社会常識的、現実的な視点も持ち合わせている。恋する文学少女の一途な行為は、社交界の慣習に照らせば、我が儘で軽率な行為であり、タチヤーナ個人の問題では済まされなくなる。オネーギンに吹聴されでもしたら、タチヤーナ自身が窮地に追い込まれるだけでなく、ラーリン家も社交界に出入りできなくなる、そうした思慮も働いているのである。

向こう見ずなロマン主義への批判は、例えばレンスキーに関する次の箇所にも指摘できる。タチヤーナの名の日の祝いで、婚約者のオリガと踊る機会をオネーギンに奪われ、嫉妬に狂ったウラジーミルすなわちレンスキーを語り手は次のように描いている。

第 6 章第 15, 16, 17 節

そしてふたたび　思い深げに悄然と
なつかしいオリガの前に立ちながら
ウラジーミルは彼女に向かってきのうのことを
口に出す力はなかった。
彼は心に思うのだった。『この人の
救いの神におれはなるのだ。女たらしが
溜め息と賞讃の火をかき立てて
若い心をたぶらかすのを
人のさげすむ毒虫が　しおらしい

百合の茎を食い荒らすのを　ようやくきのう
咲いたばかりの花が見す見すまだ半開きのまま
しぼんでゆくのを　おれは黙って見ていられない』
友人諸君　これはこういう意味だ
『僕は自分の親友とピストルで決闘します』

ここで語り手は、タチヤーナの時と同じように、レンスキーの心情・内面に同化している。嫉妬の苦しみと怒りを分かち合い、ドイツ・ロマン主義の薫陶を受けた詩人のレンスキーであれば、「救いの神」や「百合の花」など、叙情詩の常套句を並べたてるだろうと、レンスキーの思考回路まで読み取っている。ところが最後はレンスキーのロマンチシズムをひとことで『僕は自分の親友とピストルで決闘します』と要約している。回りくどいといわんばかりである。ロトマンの指摘するように、プーシキンはここでもロマン主義的表現と散文的表現を「衝突」させ、レンスキーの短絡的な言動を冷笑し、「生きた内容」を明らかにしている。

このように語り手の「私」は、レンスキーを理解するロマン主義的主情と同時に、その凡庸さ、陳腐さを冷静にとらえる「観察者」あるいは「冷めた批評眼」をもつ、多面的な語り手なのである。そしてこの複眼の語り手には小説家の眼差しも備わっている。観察眼の鋭さ、客観的描写力は、たとえば次の箇所でも発揮されている。

第3章第32節

タチヤーナは溜息したり、うめいたり……
手紙はその手に震えてる。
灼けつくような舌に触れるや
ばら色の封緘紙は乾く。
彼女は哀れ小首を肩に傾ける、

彼女の軽いシュミーズは
ほれぼれとする肩からすべる……
しかしはや月の光の
輝きは消えて行く。つぎには谷が
もやを通して明るんでくる。つぎには川が
銀色に光りはじめた。またそのつぎに
牧笛が村人の眠りをさます。
かくて朝、皆はもうとうに起きたが、
わがタチヤーナはうわの空。

叙情詩にはふさわしくない、微細な人物描写や叙景に注目したレールモントフが『現代の英雄』に引用した、『エヴゲーニィ・オネーギン』の序詞にある次の言葉のとおりである。

ひややかなる観察の才と、
傷ましき批評の心（『オネーギン』）

センチメンタリズムの共感とロマン主義的冒険の批判、さらにタチヤーナと世界を写実的に、リアルに観察・描写する批判的な語り手の複眼的思考が、ロシアに新しい文学の世界を切り開いたのである。ロトマンは次のように指摘している。

　プーシキン以前の時代のロシヤの詩を特色づけていたのは、テキストにおいて表現されるすべての主体・客体的関係を一つの固定された焦点へ集中することであった。古典主義として伝統的に定義される十八世紀の芸術においては、この単一の焦点が作家の個性の枠外に引き出され、真理の概念と合一していた。芸術テキストはほかならぬこの真理の名において語っていたのである。芸術的視点となったのは、描写される世界に対する真理の関係であった。これらの関係の固定性、一義性や、統一的中心への輻射状的集中は、真理の永遠性、単一性、不動性という考えに合致していたのである。（中略）

ロマン主義の詩においても芸術的視点は厳密に固定された中心に輻射状に集中しているが、関係そのものは一義的で、容易に予測可能である（それゆえ、ロマン主義の様式は自由にパロディーの対象となる）。この中心（詩的テキストの主体）は、作者の個性と合一してその抒情的分身にたるのである。[16)]

古典主義からロマン主義に至る一義性、一元化を覆し、多様性を提示するのはリアリズムの観察眼である。複眼的思考を持った客観的語り手の設定、これが、バイロンの形式をかりてバイロンに代表されるヨーロッパ文学をひっくりかえすプーシキンの新しさであり、トィニャーノフのいう「交替」を可能にするのだろう。

複眼の語り手とバイロンの形式

恋文とその翻訳に注目した結果、あらたに特徴ある語り手の存在が明らかになった。この語り手は、登場人物達と物語の現実をともに生きながら、その案内役としてストーリィを展開してゆくが、価値観の異なる複数の視点を使い分けている。

タチヤーナに共感し、恋の苦悩を分かち合うセンチメンタリズム、その情熱に賛辞を惜しまないロマン主義、と同時に、向こう見ずな行為を批判する、抒情に溺れることのない社会的常識、倫理観を備えた人物であり、冷静な観察眼、批評精神、アイロニーを持ちあわせている。

ロトマンが、プーシキン以前のロシア文学は、いずれも「作品のなかに表現された視点の固定性を特色としていた」と指摘しているように、

16） Yu.ロトマン前掲書、140頁

ロシアに流入し、影響を与えた西欧文学にはア・プリオリな真理があった。古典主義は、作品の外に真理――ギリシア・ローマの古典古代を規範とする、「理性・調和・形式美」――があった。その反動からうまれたセンチメンタリズムは、「公人」ではなく、リチャードソンの引用でもみたように、「私人の主情」に真実があるとし、手紙に真実を求めた。またロマン主義は、極端な個人の主情や主観を普遍化し、真理とした。前期ロマン主義の崇高も、後期ロマン主義の社会批判も、ここにはない理想あるいはユートピアを求める一個の個人の視点を拡大し、真理として固定していたのである。

『エヴゲーニィ・オネーギン』の語り手が物語全体を述べたような視点から包括的に把握するのは、これら相互批判的な西欧文学を相対視できたからだろう。辺境ロシアの後発の利である。

こうしてこの複眼的語り手は、西欧文学の真理が唯一無二ではないのだから、ロシアにも真理があっていいと考え、同時代の西欧文学を牽制する。

第3章第12節

だが今は　人の心はおしなべて霧に蔽われ
道徳は眠気を誘うだけ。小説の
中にあっても悪が愛され
いつもきまって凱歌をあげる。
イギリスのミューズの手になる夢物語が
幼い少女の眠り妨げ
思い深げなヴァンパイア
陰気な流浪者　メルモート
永遠のユダヤ人　コルサール
さては神秘なズボガルなどが

今や彼女のアイドルだ。
バイロン卿は気紛れをうまく生かして
救いなきエゴイズムにすら　物憂げな
ローマン主義の衣を着せた。

「道徳は眠気を誘うだけ」とあるのは、第３章第９節にも指摘のある、センチメンタリズムにたいする批判である。また、バイロンのロマン主義も最後の３行で本質を見抜かれ、マンネリズムが批判されている。そこで今流行の西欧文学に目を遣ると、ポリドリの『ヴァンパイヤ』やマチューリンの『陰鬱な放浪者メルモート』など、悪魔的主人公や悪徳を描いた小説がもてはやされている。ゴシックロマンがトレンドの時代に語り手は、自分は詩人を廃業して散文でロシアを書くという。

第３章第13節

わが友よ　これにいかなる意味があるのか？
神様のみ心しだいで私なんぞも
詩人を廃業するかもしれぬ。
新しい魔に魅入られたそのあかつきは
アポロの威嚇もはねつけて　つつましやかな
散文にこの身を貶すかもかもしれぬ。そのときは
陽気な私の晩年をいにしえぶりの
小説がいろどることになるだろう。
私は悪の人知れぬ苦しみなどを
気味わるく描く気はない。
ただ単にロシアの家の言い伝え
魅惑に富んだ恋の夢
古いロシアの国ぶりなどを

諸君に語るだけだろう。

詩人を廃業し、散文でいにしえのロシアを書くという語り手のこの自覚によって、バイロンの『ドン・ジュアン』に借りた韻文小説 A Novel in verse と呼ばれる、詩と散文が混在する形式も「交替」されることになる。

バイロンの『ドン・ジュアン』と『エヴゲーニィ・オネーギン』

そもそも「ロマン」とは、「ロマンス語で書かれた中世の物語」のことをいう。未知の国や遠い異国を舞台にした、英雄の冒険譚や美女をめぐる恋愛物語と相場は決まっていた。

時代は下って 18 世紀のロマンも、舞台は中世の紋切り型の通俗的物語りに倣い、主人公は遙か遠い異国で、未知の出来事に遭遇する。バイロンの『ドン・ジュアン』にロシアが描かれているのも、18 世紀末から 19 世紀初頭のロシアは、エリザヴェータ女帝の時代はもとよりエカチェリーナ女帝の時代になっても、ヨーロッパからみると、まだまだ未知なる辺境であったからである。

リバイバルした 18 世紀のロマンが、中世のロマンの異なったのは、「主人公の内面や心理」が描かれたことである。

主人公は、冒険、決闘、情熱的恋愛など、向こう見ずな行動をとり、詩でみずからの崇高さ、反俗をうたうと同時に、自己の内面を省みる。内省的で孤高な人物が描かれた。典型がバイロンの『ドン・ジュアン』である。

プーシキンには 2 度のバイロン体験がある。まだ若い頃、リツェイ時代にバイロンに傾倒するが熱病のような出会いだった。その後『ドン・ジュアン』を読み、バイロンを再評価するが、このときのプーシキンは一読者ではなく、自覚した作家であった。作家プーシキンは、主人公の複雑な内面を描くバイロンを評価しながらも、独自の『ドン・ジュアン』

を創作する。

類似と差異

プーシキンがバイロンの『ドン・ジュアン』の形式すなわち「韻文による小説/「物語詩」」A Nobel in verseを用いたのは、ルソーの『新エロイーズ』同様、ベストセラー作品であったこともひとつの理由であった。コードが広く共有されている作品であれば、違いが際立ち、メッセージもそれだけ効果的に伝わる。「交替」のし甲斐がある。

もとになっているドン・ファン伝説も広く西欧各地に知られる普遍的テーマある。

スペインでうまれた物語が、フランスに伝わりモリエールの喜劇『ドン・ジュアン』が誕生して文学の原型ができた。続いてイギリスでバイロンの『ドン・ジュアン』がうまれ、ドイツではホフマンがモーツアルトの歌劇『ドン・ジョバンニ』をもとに、劇中劇のような不思議な短編『ドン・ファン』を書いた。

ロシアでは、それこそプーシキンが『石の客』を書いている。

このように、「ドン・ファン」は、ヨーロッパ中に知られたポピュラーな伝説であり、その中でも広範な読者を獲得したバイロンの『ドン・ジュアン』はコードにもってこいの作品だったのである。

プーシキンは、ベストセラー作品の形式を、既知のコードとして利用し、新しい、ロシアの『ドン・ファン』伝説を創造したのであった。

なるほど読み進めると、類似点が多々あげられる。

オネーギンもドン・ファン同様、最後に痛手、報いを受けるプレイ・ボーイで、誘惑もあれば、殺人（決闘でレンスキーを殺めている）も、旅もある。美女のタイプもモーツアルトの『ドン・ジョバンニ』同様三つ紹介されている。

第3章第22節

こわいみたいに威厳があってその清らかさ冷たさは
冬のよう　貞操堅固　取り付く島なく
底知れぬ神秘たたえた数かずの
美女たちをかつて私は知っていた。

第 3 章第 23 節

これとは別の変わり種　男の熱い溜め息や
賞賛を鼻であしらう思い上がった女たちにも
おとなしい取り巻き連のただ中で
私は出会ったことがある。

これに続く三つ目のタイプがタチヤーナである。

第 3 章第 24 節

なぜタチヤーナがこれよりも罪が深いと
言えるのか？ 愛すべき単純さから
欺瞞を知らず　みずから選んだ
空想を信じたからか？
感情のみちびくままに
技巧もなしに愛したからか？
あまりに人を信じやすくて
しかも天からやすらぎ知らぬ想像力と
いきいきとした意志と知性と
不羈な思考と
熱烈なしかも優雅な魂を
賦与されているからか？

情熱の軽はずみをば彼女にだけは
許さぬとでもおっしゃりたいのか？

このように、『ドン・ファン』と『オネーギン』には、内容やディテールに明らかな類似性が認められる。

次に相違に注目してみよう。

『エヴゲーニィ・オネーギン』がバイロンの『ドン・ジュアン』や中世のロマンと異なるのは物語の舞台である。

プーシキンは、遠い異国や未知の国を舞台にせず、きらびやかな帝都ペテルブルクと旧い伝統が息づく、モスクワ郊外の領地を舞台にした。バイロンの『ドン・ファン』読んでいたロシアの読者には新鮮な驚きを与えたことだろう。

主人公の内省の仕方も異なる。プーシキンの造形した「ドン・ファン」つまりオネーギンは、バイロンのドン・ジュアンとは違い、孤高なロマン主義的主人公ではなく、他者との関係の中で内面が語られる。1820年代のロシア社会で、オネーギンは、タチヤーナ、オリガ、レンスキーと出会い、人間関係のもつれによって葛藤する。屈折した、時代や社会から孤立した18才の変わり者が、同時代の身近な若者のひとりとして立ちあらわれる。いわゆる「余計者」がありありと目の前にいるように描かれるのである。

バイロンとの相違点はほかにもある。たとえばオネーギンもドン・ジュアンのように放浪するが、放浪先の出来事にはほとんどふれられていない。

しかしながらもっとも大きな違いは語り手である。オネーギンの一人称の語り手は、物語の構成に主体的、積極的に関わり、読者にたいして虚構であることを繰り返し暴き続ける。

序文の「交替」

例えば序文をみてみよう。プーシキン以前の文学は、西欧文学の修辞学の伝統に倣って冒頭に序文あるいは「導入のトポス」を用意するのが常だった。クルティウスは「導入のトポス」について次のように説明している。

> このトポスは或る書物がなぜ執筆されたかの理由づけに役立ち、ゆたかな発達をみせている。二、三の例をあげよう。
>
> a)「私は誰もいまだ口にしたことのない事柄を述べる」というトポスは、すでにギリシア古代において、「陳腐な叙事的題材の拒否」として登場する。歴史的題材によって叙事詩を再興しようとしたコイリロス（前5世紀末）は、古来の伝説をすでに陳腐とみなし、「牧草地にいまだ人手の及ばぬ時に」詩神ムーサィに仕えた者たちを至福であるとした。前250年ごろ、アレクサンドリアの偉大な詩人たちの最後の者であるディオスコリデスは、
>
> 英堆たちの武勲よ、いまは火中に消えるがよい、ムーサイに見捨てられた者には、
> 　ヒバリの声さえ、白鳥の歌にまさって甘美なのだから、
>
> と途べている。またウェルギリウスは、「すべてが陳腐となり、苛酷なエウリュテウスや、憎むべきブーシーリスの祭壇を知らぬ者がない」ことを確認する。[17)]

少女時代のタチヤーナの愛読書のひとつ『新エロイーズ』の作者ルソーも『告白』でこの伝統に従っている。

17）クルツィウス『ヨーロッパ文学とラテン中世』南大路他訳、みすず書房、1985年、121～122頁

私はこれまでに例のなかった、そしてこれからもやる真似手のないようなことを企ててみようと思う。

西欧文学の影響を受けたロシアの物語も同じ伝統を継承している。たとえばカラムジンは『哀れなリーザ』を次のように書きはじめ、新しいエピソードであることを強調している。

おそらく、モスクワの住人で、私ほど町外れのあたりに通じている者はあるまい。私のように頻繁に野に出かけ、私のように考えるあてもなく、足の向くまま草むらや森や丘陵や平原を歩き回る者はいないからである。毎夏のように私は愉しい場所を新たに見つけ、馴染みの場所に新しい美を見出す。(金沢美知子訳)[18)]

しかし『エヴゲーニィ・オネーギン』の語り手は、そのような伝統を陳腐とみなしていた。

第7章第55節

だがここで愛すべきわがタチヤーナの
勝利をば祝った上で
話の方向を変えるとしよう　だれを私が
うたっているかを忘れぬために……
ちょうどいい　この問題にひとことここで触れておこうか。
「われはうたう　うら若きわが友と
あまたあるその気まぐれを。
おお汝　叙事詩のミューズ！ 願わくは

18）金沢美知子編訳『可愛い料理女—十八世紀ロシア小説集』彩流社、1995年、178頁

わが長き労作を祝福し給え。
頼もしき杖をばわれに授け給いて
かなたこなたへ迷わしめ給わざれかし」
これでよかろう。やっと肩から重荷がおりた！
これでようやく古典主義への義理を果たした
おそまきながらこれをわたしの序文としよう。

プーシキンは、全部で８章からなる『エヴゲーニィ・オネーギン』の第７章の、しかも最終節第55節に序文を用意している。カギ括弧で括られた序文は、古風な文体で書かれ、しかも「あっちやこっちに迷走させないでください」と権威にたいして軽口を叩いている。また、「古典主義への義理を果たした」とあるが、古典主義の古色蒼然とした序文は、今の時代にもう「要らない」といいたいのである。

このように、ここでもプーシキンは、西欧文学を意図的に模倣しながら、同時代のロシアの作家の、西欧文学にたいする無批判精神を揶揄するとともに、タチヤーナの勝利を祝うことで、西欧文学から自立した、新たに誕生したロシア文学の勝利も宣言しているのである。

叙情的逸脱

序文の伝統を遵守する、プーシキン以前の語り手は物語の顛末を全て知っている、あるいは自分しか知らないと自負する、神のような存在であった。しかし『オネーギン』の語り手は、そうした超越的な語り手すなわち「全知の語り手」とは違い、30才間際の詩人として（オネーギンは18才）登場人物のひとりとして物語の現実を共に生きている。それでも当時は次のようにことわらなければならなかったのである。

第1章第56節

エヴゲーニイと自分との違いが指摘できるのを
私はいつもうれしく思う。
それというのも皮肉な読者や　手のこんだ
陰口をふれ歩くどこかの御仁が
エヴゲーニイを私自身と
くらべ合わせて　さてあとで
驕慢の詩人　バイロン卿の　やつは真似して
おのれの肖像を描いたなどと
臆面もなく吹聴されてはたまらないから。
まさか詩人は叙事詩の中で
自分以外のだれかのことを
書けぬわけでもあるまいに。

当時、物語の主人公は作家の自画像とみなされていた。レールモントフも同様の誤解を解くために『現代の英雄』第2版にわざわざ序を設けたほどであった。

主人公と作者が同一人物ではなく、別の存在であるとする意識は、「叙情的逸脱」という、ローレンス・スターンの『トリストラム・シャンディ』の影響を受けて導入された語りの手法によって読者に新たな現実感をもたらす。[19]

『エヴゲーニィ・オネーギン』の語り手は、主人公と一体化する、バイロンの『ドン・ジュアン』の語り手とは異なり、先の第7章第55節の序文の引用でもみたように、物語から読者の現実に出てきて、作品の構成や登場人物について様々に言及する。それによって読者の現実が物語の

19）田辺佐保子『プーシキンとロシア・オペラ』未知谷、2003年、114頁

現実から逆照射されるのである。

第1章で、オネーギンの身の上を紹介する語り手は、第1章第55節から自分の話をはじめる。

ところで私は平和な暮らしと
田園の静寂のために生まれたものだ。
人里離れた田舎にいれば竪琴の音は一段と冴え
創造の夢もひとしお生気を帯びる。

その後、次節でオネーギンとの違いを明言すると(「エヴゲーニイと自分との違いが指摘できるのを／私はいつもうれしく思う。」)、第60節では自分が作者であることを具体的に読者に説明する念の入れようである。

詩の構想や主人公の名は
もう考えてある。
これでどうやらこの小説の
第一章は書きおえたぞ。
もう一度念入りに読み返してみる。
矛盾もどっさりあるようだ。
だが直す気はさらにない。

このように、語り手の「わたし」は、オネーギンと一緒に旅に出る約束まで交わす作中人物にもなれば、作中から作者として物語りの「内容」や「構想」を読者に説明したり、相談したりするのである。

作中から読者側の現実にやってきて、フィクションを強調する語り手の越境について、例えばスローニムは次のように指摘している。

『オネーギン』はプーシキンのすべての長編詩と同様に、多種多様な要素を、一種特異な構成を持つ。叙述は作者の個人的な感情や思い出を述べるかなり長い叙情的な章句によってしばしば中断される。作者はそこで読者に向かって話しかけ、自作を論じ、打ち明け話や冗談にふけり、全体として気楽な親しみ深い雰囲気をかもしだす。その叙情的な章句は文字どおり絶妙で暗示に富み、またロシアの秋や冬、田園、モスクワ社交界などの描写は、ロシア叙景文の粋である。[20]

スローニムが述べているように、語り手の「わたし」は、時に個人的な思いを語りはじめ、読者に向かって叙情的に語りかけてくるかと思えば、時には作者として自作を論じはじめる。この文学的手法についてロトマンは次のように説明している。

『オネーギン』ではしばしばあることだが、作者が、作中の「詩人」として叙情的逸脱を演じ、読者とおしゃべりをし、この小説をこの先どう進めて行けばいいのか読者と相談したり、あるいは、話題になっているのは自分ではなく登場人物なのに、まるでそんなことは忘れたかのように、自分の話をするのである（いつもの「与太話」）。例えばこんな具合である。劇場で芝居を観ていたら、役者のひとりが突然、カツラをとって舞台前面に進み出たかと思ったら、観客席に向かって、自分は役者ではない、作者である、舞台上の出来事は全部私の考えたことだと語り出す。かれは観客と話しはじめ、冗談を飛ばし、自分のこと、戯曲のことをひとくさりやると、再び唐突に「役に戻る」、つまりカツラをかぶって役者に戻るのである。芝居は、何事もなかったかのように進んで行く。[21]

20）スローニム『ロシア文学史』池田健太郎訳、新潮社、1976年、90p

21）Лотман Ю. Учебник по русской литературы. M., 2000. C.102

この、「フィクションを単にフィクションとして提示するにとどまらず、それが『現実』ではなく、まさしく『虚構』にほかならぬ旨を平行して読者に自己暴露し続けてゆく」手法は「メタ・フィクション」[22)]とも呼ばれる。虚構の中で虚構であることを暴露し、虚構を異化するのである。

物語の世界に浸りきって、オネーギンやタチヤーナの現実を現実と思いこんでいた読者は、突如そこに作者が登場することによって戸惑いを覚える。リアルな物語現実がフィクションであると再認させられると現実感がぶれてしまう。それゆえロトマンは、観客と役者が同じ空間を共有する芝居を例にしたのである。

しかも『エヴゲーニィ・オネーギン』は、叙景文も見事で解像度が高く、むしろ物語世界のほうがリアルで生気に満ちている。また、実在していた、ネフスキー大通り沿いの有名レストランが登場したり、詩人ヴャーゼムスキーや友人カヴェーリンが実名で登場したりする。

第1章第15節

まずは昼間の服装で
つば広のボリヴァル型の帽子をかぶり
都大路へ馬車を飛ばして
思う存分散歩をたのしむ
はたらき者のブレゲ時計がディナーの時を告げるまで。

第1章第16節

はや日暮れどき。橇に乗り込む。
「ほいほい！」とひびく掛け声。

22）『國文学』1995年5月号、學燈社、79頁

ビーヴァーの襟もとの霜はさながら
銀の砂子を撒いたよう。
行く手はTalon 友人のカヴェーリン待っているはず。
中へはいれば―― 天井高く吹っ飛ぶコルク
彗星年の葡萄酒のきらめく流れ。

ご馳走は生血したたるloast beaf
松露若き日の傲りのしるし
フランスの料理の精華
さてはまたストラスプールの缶入りピローク
その両側にリンブルク産青かびチーズ
金色のパインアップル。

当時の読者は現実感覚が揺さぶられ、むしろ虚構によって現実を教えられたのである。少なくともほぼリアルタイムで『オネーギン』を読んでいた読者は、自分の周りにもオネーギンのような若者がいる、今のロシア社会には、オネーギンのような若い「変わり者」、「余計者」がいてもおかしくない、と思ったことだろう。こうして読者は、タチヤーナとともに、ナショナリズムが高揚しはじめた祖国ロシアの現実に目がひらかれたのである。

第7章第24節

かくてわがタチヤーナは
高圧的な運命が恋せよと命じた男の正体が
ありがたや　今は次第に
はっきりとわかりはじめた。
あの悲しげなしかも危険な変わり者

天国かそうでなければ地獄が創った
あの天使　尊大ぶったあの悪魔
彼はいったい何者なのか？　人真似か
取るに足らない幻か　さてはまた
ハロルドのマントをつけたモスクワ人か
他人(ひと)のむら気の注釈か（→他人の奇行の一解釈か[小沢訳]）
完備したはやり言葉の辞書なのか？
結局あれはパロディなのではあるまいか？

タチヤーナは少女時代の自分が「高圧的な運命」すなわち「西欧文学」に「恋せよ」と命じられた相手が、今や「人まね」「まぼろし」であることに想到している。西欧のセンチメンタリズムやロマン主義に染まっていた、かつての世間知らずの少女タチヤーナは、西欧小説の主人公たちをオネーギンひとりに集約して理想化していたが、いまやその相手が、中身のない模倣だということに気づきはじめたのである。オネーギンは、「ハロルドのマントをつけたモスクワ人」と形容されているが、ハロルドとはバイロンの作品の主人公である。「マントをつけた」というのは、うわべだけ取り繕った、という意味である（草稿ではさらに辛辣な、「ハロルドのマントを着たロスケ」「チャイルド・ハロルドのマント着た道化者」なども候補にあがっている）。そして最後に語り手は「結局あれはパロディ」ではないかとタチヤーナにかわってこの節を結ぶのである。ここでいうパロディとは、西欧文学の伝統でいうパロディで「もじり詩文、かえ歌」の意味である。語り手は、オネーギンが、ロシアに根をもたない、ヨーロッパの「猿まね」「道化」「流行かぶれ」に過ぎないといい切っているのである。

おわりに

象徴派の詩人メレシコフスキーは『永遠の伴侶』の中で『エヴゲーニィ・オネーギン』について次のような言葉を残している。

> 或る批評家はこのロシア最大の浪漫詩を目して、バイロンのドン・ジュアンの模倣であるとした。が、形式の外部的類似はあろうとも、精神において、かくのごとく相離反せる作品を自分は知らない。喜悦に溢れたプーシキンの英知はバイロンの鋭いアイロニイとは全然なんらの脈絡をも有していない。プーシキンの晴朗は――アフロディーテの生まれ出た波の泡にも似て、光明と喜遊とにあふれている。彼に比較すれば、あらゆる他の詩人が悉く重く、陰鬱なものに思われる――ただ彼のみがひとり明るく、軽くほとんど地に触れることなく、地の上をめぐりゆくギリシアの神のごとくに見えるのである。(中山省三郎訳)[23]

ボッティチェリの傑作を思わせる美しい評価であるが、『エヴゲーニィ・オネーギン』は、みてきたようにロマン主義の詩ではない。トロワイヤは、『エヴゲーニィ・オネーギン』によってバイロンが「葬り去られ」、「凌駕された」としているが[24]、バイロンの『ドン・ジュアン』も「交替」されたのである。

『エヴゲーニィ・オネーギン』のプーシキンは、センチメンタリズムのヒロインを「交替」し、タチヤーナの恋文の翻訳によって、婦人の恋がそれまで一度も打ち明けられたことのなかったロシア語と西欧文学の恋愛のディスクールを「交替」し、序文によってロシアの古典主義を「交

23)『プーシキン全集 2』河出書房新社、1972 年、630 頁
24) トロワイヤ『プーシキン伝』篠塚比名子訳、水声社、2003 年、330 頁

替」した。西欧文学の複数の真理に通暁し、価値観の多様性を理解していたプーシキンは、叙情的逸脱によって多様な価値観の世界あるいは散文の世界を読者の目の前にひらき、その後の長編小説への道を示したのである。

【付記】本研究はJSPS科研費21K00447の助成を受けたものです。

文献一覧

金沢美知子編訳『可愛い料理女――十八世紀ロシア小説集』彩流社、1995年
クルツィウス『ヨーロッパ文学とラテン中世』南大路他訳、みすず書房、1985年
桑野隆・大石雅彦編『ロシア・アヴァンギャルド6　フォルマリズム』国保刊行会、1988年
篠田一士編『20世紀評論集』集英社、1974年
スローニム『ロシア文学史』池田健太郎訳、新潮社、1976年
田辺佐保子『プーシキンとロシア・オペラ』未知谷、2003年
トロワイヤ『プーシキン伝』篠塚比名子訳、水声社、2003年
中村真一郎『文学的散歩』筑摩書房、1994年
バージェス『バージェスの文学史』人文書院、1982年
バルト『恋愛のディスクール・断章』みすず書房、1980年
ヒングリー『19世紀ロシアの作家と社会』川端香男里訳、中央公論社、1984年
『プーシキン全集2』河出書房新社、1972年
『ベリンスキー著作選集Ⅱ』森宏一訳、同時代社、1988年
モーム『作家の手帳』中村佐喜子訳、新潮社、1969年
ヤーコブソン『一般言語学』川本茂雄監修、みすず書房
依藤道夫『イギリス小説の誕生』南雲堂、2007年
ロトマン『文学理論と構造主義』勁草書房、1978年
ロトマン『文学と文化記号論』磯谷孝訳、岩波書店、1979年
Nabokov Eugene Onegin trans. From the Russian, with a Commentary. Princeton, 1975
Лотман Ю. М. Пушкин. С.-Петербург; Искусство-СПБ, 1995.
Лотман Ю. Учебник по русской литературы. М., 2000.

Bede and his Native Language

Patrick P. O'Neill

If patriotism can be defined as concern for the well-being of one's native country, then Bede surely meets that requirement. While his concern for the *gens Anglorum* in general and the kingdom of Northumbria in particular is most obvious in his historical writings, it also finds expression in frequent references to the language of his people. Among medieval chroniclers, who conventionally wrote in Latin, Bede is remarkable for the attention he draws to the role of the vernacular in the process of Christian proselytizing and conversion. This advertence is most obvious in his *Ecclesiastical History of the English People*, particularly in how he weaves into the main narrative of conversion the theme of English as the medium of proselytizing. The opening chapter, which sketches a basic history and geography of Britain, includes a brief account of the distribution of languages, reflecting the island's multi-ethnic society. It notes that "there are five language populations in Britain, just as the divine law is written in five books, all devoted to seeking out and setting forth one and the same kind of wisdom....These are the English, British, Irish, Pictish, as well as the Latin languages; through the study of the scriptures, Latin is in general use among all the others."[1]

1) *Historia Ecclesiastica Gentis Anglorum*, Book 1, ch 1 (hereafter abbreviated '*HE*' followed by book and chapter number); B. Colgrave and R. A. B. Mynors (eds. and trans.), *Bede's Ecclesiastical History of the English People* (Oxford, 1969); supplemented by the English translation of J. McClure and R. Collins, *Bede: The ecclesiastical History of the English People, The Greater Chronicle, Bede's Letter to Ecgbert* (Oxford, 1999), unless otherwise noted.

The order of the first four vernacular languages probably reflects their relative importance for Bede: first comes English (‘*lingua Anglorum*’), the language of his own people who were the most recent arrivals to the island, having come from Continental Germania; secondly, British (‘*lingua Brettonum*’), the language of the older inhabitants of Britain, who were dispossessed by the Anglo-Saxons; third, Irish or Gaelic (‘*lingua Scottorum*’), spoken in northwest Britain (the kingdom of Dál Riata), an area that had been colonized by settlers from northeast Ireland in the fourth century; and last, Pictish, the language of a people of obscure origin who lived in the far north and northeast of Scotland. Finally, the fifth language, Latin, enjoyed general acceptance as the *lingua franca* among the other four linguistic groups and stood apart by virtue of its status as the official language of Western Christianity.

The passage demonstrates Bede’s awareness that although his history focused on the speakers of one linguistic group, the Anglo-Saxons, the island of Britain was multi-lingual and multi-ethnic. Furthermore, by comparing the five languages to the five books of Old Testament law, Bede imparts to them a unifying quality. Medieval scholars such as Bede would have viewed the Pentateuch as primordial, forming the basis for the rest of the Old Testament. By making this comparison Bede seems to be saying that just as each of the five books of the Pentateuch has its own distinctive character, yet together constitute the Mosaic Law, so the languages of Britain, while retaining their distinctiveness are united in their common Christian observance. However, Bede would have been aware that the biblical parallel was not altogether perfect since much of the British Church still refused to conform to the Roman Easter.

Although Bede tacitly acknowledged the special status of Latin by composing his *Ecclesiastical History* in that language, he quite frequently adverts to vernacular languages in general and Old English in particular. Such references often crop up in contexts of proselytizing and conversion. In the first (and most important) narrative of the *History*, the story of the Roman mission to Kent led by Augustine, Bede mentions that as the missionaries were making their way towards Britain, they lost heart at the prospect of having to deal with a barbarous nation "whose language they did not even understand."[2] To address this problem they had to hire interpreters from the Frankish race in accordance with the command of Pope Gregory.[3] The implication seems clear that the Roman mission was not linguistically prepared, a problem which it addressed by hiring Frankish interpreters who knew English. Gregory was well attuned to the linguistic complexities attending a mission of conversion; in one of his letters he had recommended purchasing slaves (and educating them) from the targeted people, who would act as translators for and teachers of the missionaries.[4]

In his account of the Irish mission from Iona to Northumbria in 634/635, Bede again brings up the subject of communicating in English. In what could be seen as marking a contrast to Augustine's linguistic incompetence, Bede mentions that the leader of the Irish mission, Bishop Aídán, while "not perfectly at ease with the English language," was able draw on the assistance of the Northumbrian king Oswald who "had gained a perfect knowledge of Irish during the long period of his exile" in Scotland.[5] Most scholars have refused to take seriously Bede's reference to Aídán's imperfect, rather than total ignorance of, English. But just as Bede's comment on Oswald's skills in Irish was certainly true, I see no reason why Aídán could not have learned

2) *HE* I.23; McClure & Collins, *Bede*, p.37.

3) *HE* I.25; McClure & Collins, *Bede*, p.39.

4) Letters of Pope Gregory the Great, Bk VI, Letters 49 and 57.

5) *HE* III.3, 'qui Anglorum linguam perfecte non nouerat;' McClure & Collins, *Bede*, pp.113–14.

some English at Iona, a community that had enjoyed close contacts with Northumbrians since the turn of the seventh century. What is significant here is the implied complementarity of linguistic functions: Aídán attempts to speak English while Oswald supplies the bishop's deficiencies by exchanges with him in Irish. Moreover, Oswald had already been converted to Christianity, so he would have been quite familiar with its terminology and concepts, hence Bede's portrayal of him as "interpreter of the heavenly word" (*'interpres uerbi...caelestis'*). Aídán's linguistic problems with English may have been semantic rather than lexical, a possibility supported by research on modern Christian proselytizing which indicates that the greatest linguistic difficulties encountered by beginner missionaries are not so much lexical as semantic.

One exception to Bede's generally sympathetic accounts of foreign missionaries struggling with English is that of Agilberct. This Frankish bishop came to Wessex *c.* 650 during the reign of King Cenwalh, who had recently converted to Christianity and put the bishop in charge of proselytizing his territory. But, according to Bede, after some years, the king, who knew only his own vernacular, the West-Saxon dialect of English, became tired of Agilberct's "barbarous speech" (*'barbara loquella'*) and demoted him.[6] Presumably, the problem was that Agilberct spoke English with a heavy Frankish accent.[7] Even if, as has been suggested, the demotion was politically motivated, the king could have used the linguistic argument as a plausible excuse for getting rid of his bishop. In other words, there was probably some substance to the accusation.

Another famous scene where Bede introduces the issue of competency

6) McClure & Collins, *Bede*, pp. 120–21.

7) See J. McClure, "Bede's *Notes on Genesis* and the Training of the Anglo-Saxon Clergy," in K. Walsh and D. Wood (eds.), *The Bible in the Medieval World* (Oxford, 1985), pp. 17–30.

in English is his account of the Synod of Whitby in 664 (*HE* III.25). For Bede the meeting was momentous; he couches it in terms of a debate about the future of the Northumbrian Church, whether it should hold to Irish ways (especially in the matter of dating Easter) or conform to Roman usage. The debate was evidently carried out in English rather than Latin, presumably for the benefit of King Osuiu who presided over the meeting. Bede mentions that Cedd (a convert of the Irish mission) "acted as a most careful translator for both parties at the council;"[8] in other words, the Irish party presumably made their case in Irish while the pro-Roman party led by Wilfrid spoke English, with Cedd acting as a translator for both sides. Interestingly, the deposed Bishop Agilberct, when asked to speak at the Synod on behalf of the Roman party deferred to his English follower, Wilfrid, explaining that he "can explain our views in the English language better and more clearly than I can through an interpreter."[9]

Perhaps the most tantalizing of Bede's references to English is a section in the *Ecclesiastical History* where, speaking of the achievements of the reign of King Aethelberct of Kent, who had received Augustine's mission, Bede adverts to what may be the first instance of a written composition in English. Summing up Æthelbert's reign (died 616), Bede notes among the "benefits which he conferred upon the race under his care, he established with the advice of his counsellors a code of laws after the Roman manner," which were "written in English and are still kept and observed by the people."[10] This code of laws is generally identified with the work now known as "the Laws of Æthelbert," which survives in a single, twelfth-century manuscript. The main difficulty with this claim is that the language in which it survives

8) McClure & Collins, *Bede*, p. 154.

9) Ibid., p. 155.

10) *HE* II.5; McClure & Collins, p. 78.

is not sufficiently archaic to have belonged to the seventh century; nor is there anything 'Roman' about either the code's contents or its methodologies. In favour of its authenticity is the presence of certain legal concepts and terminology which seem to be archaic.[11] Bede evidently approved of the codification of native law in the vernacular, presumably because while serving a useful social function it protected the interests of the new missionary church.

He was even more enthusiastic about another genre of literature in English which emerged in the seventh century, Christian vernacular poetry as a medium of instruction and edification. That interest is encapsulated in his famous account of the first known English poet, Cædmon (*HE* IV.24). For all its charm and interest, Bede's account reveals more about himself than his subject, particularly his criteria for composing vernacular Christian poetry. Thus, the statements that Cædmon "did not learn the art of poetry from men nor through a man" and that "he could never compose any foolish or trivial poem but only those which were concerned with devotion and so were fitting for his devout tongue to utter" probably reflect Bede's own views about the nature of such poetry. As a poet of Latin religious verse in his own right, Bede evidently envisaged similar high standards for Old English religious poetry as a means of inspiring the minds of many "to despise the world and to long for the heavenly life." Any other kind of vernacular poetry was "foolish or trivial" (*friuoli et superuacui*), surely a reference to the oral secular poetry of his time,[12] the kind which Cædmon was presumably listening to when he abruptly left the hall while his comrades were drinking and passing the harp around. Remarkably, Bede implicitly claims for Cædmon's Christian poetry the same status as its Latin equivalent, when he apologizes for

11) See L. Oliver (ed. & trans.), *The Beginnings of English Law* (Toronto & Buffalo, 2002).
12) *HE* IV. 24; McClure & Collins, *Bede*, p.215.

supplying a Latin paraphrase of *Cædmon's Hymn*, saying that "it is not possible to translate verse, however well composed, literally from one language to another without some loss of beauty and dignity."[13)]

Bede's contributions in English to popular piety (The Lord's Prayer and the Creed):

By the time Bede came to maturity as a writer and scholar in the early decades of the eighth century, Old English was well established as a written vernacular in both poetry and prose. It had a stable alphabet and a standard script (Insular minuscule), the first probably and the second certainly taken over from Irish mentors. It is possible that the English had been encouraged to write their vernacular by the example of the Irish who had been doing so from the early seventh century. For Bede the scholar, Latin rather than Old English naturally came first. All of his major works, scientific, computistical, grammatical, hagiographical, historical and exegetical (the Bible) were composed in Latin. So, it is somewhat surprising to learn that Bede occasionally composed in English, even if these contributions to the vernacular were quite secondary.

The main source of our information about Bede's activity as a writer in English are two contemporary letters, one by Bede himself to Bishop Ecgbert in 734x735, the other by Cuthbert, a monk of Wearmouth-Jarrow, addressed to Cuthwine, a certain 'fellow teacher,' probably very soon after Bede's death in 735. Neither letter, however, deals very fully with the subject of Bede as an author who wrote in English; the references are made in passing. In the Letter to Bishop Ecgbert Bede says that he himself had composed versions in English of the Lord's Prayer and the Creed. The context is as follows: having

13) Ibid., p.216.

exhorted Ecgbert to make sure that all the members of his diocese know the basics of their faith, Bede suggests that the best way to effect this was by making the laity memorize the Creed and the Lord's Prayer:[14)]

> In this preaching to the populace, I consider it most important that you attempt to fix ineradicably in the memory of all those under your rule the beliefs of the Church, as set out in the Apostles' Creed, and also the Lord's Prayer, which a reading of the holy Gospel teaches us. It is most certain that all those who have learned to read Latin will know these well, but the unlearned, that is to say those who only know their own language, must learn to say them in their own tongue and to chant them carefully. This ought to be done not only by the laity, that is to say those living the ordinary life of the populace, but also by the clergy and the monks, who are experts in Latin. For thus the whole community of the believers may learn of what their faith consists, and how they ought in the strength of that belief to arm and defend themselves against the assaults of evil spirits.... Because of this I have frequently offered an English translation of the Creed and the Lord's Prayer to uneducated priests. For the holy bishop Ambrose advises, when talking about belief, that the words of the Creed should be chanted by the faithful each morning.... The custom of frequent prayer and bending of the knee has also taught us to chant the Lord's Prayer very often.

The Creed and the Lord's Prayer had long been staples of the Christian diet; their memorization was required of catechumens and was especially recommended for illiterate laity. St Augustine of Hippo, for example, singled

14) Ibid., pp. 345–46.

out both prayers in his *Enchiridion* (composed *c.*420), a handbook on Christian piety intended as a model for Christian instruction: "For you have the Creed and the Lord's Prayer. What can be briefer to hear or to read? What easier to commit to memory? ... In these two you have those three graces exemplified: faith believes, hope and love pray."[15] Subsequent missionaries and proselytizers in the western Church used these two prayers for the same purpose, and we find Anglo-Saxon synods promulgating their use.[16] In the Letter to Ecgbert quoted above, Bede recommends that the laity recite in the morning the text of the Creed, a statement of the primary beliefs of Christianity, beginning with the one which inspired Cædmon's Hymn: "I believe in God, the almighty Father, creator of heaven and earth."[17] Then at various times during the day they should recite the Lord's Prayer, whose petitions for divine help, expressed in brief, concise language, made it the Christian prayer par excellence. Bede's reference to the Northumbrian custom of genuflecting while reciting the Lord's Prayer may go back to Irish practice.[18] Even more remarkable is his insistence that even those learned in Latin, and thus accustomed to saying these two prayers in Latin, should nonetheless learn an English version so that they can be united with the lay population as a single community of believers praying in the vernacular.

Although Bede's translations of these two prayers have not survived, I venture to make some surmises about them. First, although immediately

---

15) Ch 2; A. C. Outler (trans.), *The Enchiridion on Faith, Hope, and Love*; text available at https://christian.net/pub/resources/text/history/augustine/enchiridion.html.

16) For example, the Council of Clovesho (A. D. 747) mandated that priests should be able to translate and explain the Creed and the Lord's Prayer in the vernacular; A. W. Haddan & W. Stubbs (eds.), *Councils and Ecclesiastical Documents relating to Great Britain and Ireland*, 3 vols (Oxford, 1869–71), III, p.366 (§10).

17) See n. 14.

18) See J. Vendryes, "Un mot irlandais dans l'Evangélaire de Lindisfarne," *Bulletin de la Sociète de Linguistiques* 43 (1946), 27–31.

composed for priests, they were primarily designed for the laity, who would receive them from their pastors in accordance with Bede's stated agenda of exposition and memorization. Given the intended audience and given Bede's skill as a writer of Latin poetry and prose, one can be sure that the translations, especially that of the Creed which contained the fundamental articles of the Catholic faith, would have been written in plain, unambiguous language. Secondly, it seems likely that they were composed in verse. To describe the mode of their recitation Bede twice uses the word *decantare*, a verb whose primary denotation is 'to sing or chant.' That medium would facilitate memorization for a population which could not read or write. It would also allow (if Bede so chose) for embellishing the translation with the whole range of Germanic poetic devices which would make it more palatable to the laity. Recall that in another context Bede had expressed such views about the efficacy of vernacular religious poetry, portraying Caedmon's achievement as turning Scriptural content "into extremely delightful and moving poetry, in English" so that 'the minds of many were often inspired to despise the world and to long for the heavenly life."[19]

Bede's Death-Song:

This text occurs in another letter, this time by one of Bede's senior students, Cuthbert, who became a monk at Wearmouth-Jarrow in 718. The letter, addressed to a fellow monk in another Northumbrian monastery, offers a first-hand account of his master's death,[20] and was probably composed soon that

19) *HE* IV. 24; McClure & Collins, *Bede*, p.215.

20) The doubts which have been expressed, both about Bede's authorship of the poem and the textual superiority of the manuscript used by Colgrave & Mynors, *Ecclesiastical History*, are addressed in H. D. Chickering, Jr., "Some Contexts for Bede's Death-Song," *Publications of the Modern Language Association* 91. 1 (1976), 91–100.

event in 735. Speaking of the days leading up to Bede's death he says that the holy man was wont to repeat Scriptural passages exhorting his listeners "to awake from the slumber of the soul by thinking in good time of our last hour."[21] And to that end Bede would repeatedly chant a five-line poem "in our own language—for he was familiar with English poetry—speaking of the soul's dread departure from the body."[22] The Letter then supplies the Old English poem as follows:[23]

Fore them neidfaerae naenig uuiurthit
Thonc snottura than him tharf sie
To ymbhycggannae aer his hin iongae
Huaet his gastae godaes aeththa yflaes
Aefter deothdaege doemid uueorthae.

(Before that compulsory journey, no one becomes
More prudent than is necessary for him to be
In considering before his departure hence
What of good or evil for his soul
May be decreed after the day of death.)

'Bede's Death Song,' as it is commonly called, is generally, though by no means universally, thought to be a Bedan composition. The fact that the

21) Colgrave & Mynors, *Ecclesiastical History*, p. 581.

22) "Canebat autem sentenciam sancti Pauli...et in nostra quoque lingua, ut erat doctus in nostris carminibus, dicens de terribili exitu animarum e corpore," Colgrave & Mynors, *Ecclesiastical History*, p. 580.

23) The text which follows is taken from E. van Kirk Dobbie (ed.), *Anglo-Saxon Minor Poems,* Anglo-Saxon Poetic Records vol. 6 (London & New York, 1942), p. 106, a transcription of the oldest Northumbrian version of the Song, whereas the text in Colgrave & Mynors comes from another, later manuscript, The Hague, Royal Library, MS 70.H.7.

poem is invariably found as part of the text of Cuthbert's Letter, sometimes with an accompanying Latin paraphrase seems to support that view. Yet Cuthbert's statement of attribution is far from being clear: he does not expressly say that Bede composed the poem; simply that he was well versed in Old English poetry and that he was accustomed to reciting this poem as he approached death. Nor does the present poem have anything in common with either of the two Latin poems that Bede composed about the Day of Judgment.[24] Other doubts of a linguistic nature have been voiced by Richard Hogg who dates the poem as "probably ninth century," a date roughly according with the earliest manuscript (Stiftsbibliothek Sankt Gallen, MS 254, p. 253, fol. 127a, col. 1) copied in the late ninth century.[25] A. Campbell, however, believed the Death-Song, as found in that manuscript, has preserved linguistic features of the first half of the eighth century.[26] Contextually, there is nothing in Cuthbert's comments which would militate against Bedan authorship. Cuthbert notes that Bede was accustomed to repeat the poem in his own language, "as he was familiar with English poetry,"[27] as if implying that it might come as a surprise to the readers of his Letter that the greatest Latin scholar of his time would engage in reciting (and composing) vernacular poetry.

---

24) "Versus Bedae Presbyteri de Die Iudicii" and "Oratio Bedae Presbyteri;" in J. Fraipont (ed.) in *Bedae Venerabilis Opera Rhythmica*, Corpus Christianorum, Series Latina 122 (Turnhout, 1955), pp. 439–44 and 445–6, respectively.

25) R. Hogg, *A Grammar of Old English, Volume 1 Phonology* (Oxford, 2011), §1.7 (p. 5) regards it as "slightly later" than the Ruthwell Cross and Franks Casket inscriptions and "probably ninth century."

26) A. Campbell, *Old English Grammar* (corrected edn., Oxford 1977), §6.

27) Colgrave & Mynors, *Ecclesiastical History*, p. 581.

Bede's use of English as a pastoral and pedagogical tool

Cuthbert's Letter mentions two other English works which he believed were composed by Bede as translations from Latin, made apparently during the final ten weeks preceding his death on May 25th, 735. The relevant section of the Letter reads as follows:

> During those days there were two pieces of work worthy of record, besides the lessons which he gave us every day and his chanting of the Psalter, which he desired to finish: the gospel of St John, which he was turning into our mother tongue to the great profit of the Church, from the beginning as far as the words "But what are they among so many?" and a selection from Bishop Isidore's book On the Wonders of Nature; for he said: "I cannot have my children learning what is not true, and losing their labour on this after I am gone."[28]

The specificity of this passage lends a plausible level of veracity to the claim that Bede was engaged in completing an English translation of part of St John's Gospel, as well as another one based on excerpts from Isidore's *De natura rerum*. Speaking of the first task, the Letter, as recorded in the Hague manuscript mentioned above, states that Bede translated from the beginning as far as John 6:9 ('But what are they among so many', from the Miracle of the Loaves and Fishes' story), a comment which does not appear in the other (much later) manuscript witnesses. Plummer doubted the validity of this comment, arguing that its "insertion seems inconsistent with what is said below about the 'one chapter,' the 'one verse,' needed to complete the work; for Bede can hardly have intended to stop abruptly in the middle of the

28) Ibid., p. 583, based on the manuscript in The Hague; see n. 23.

narrative."[29] The passage to which Plummer alluded occurs towards the end of the Letter. According to Cuthbert, on Bede's last day on earth, in the morning, one of his students (probably Wilberht) reminded him that

> "There is still one chapter short of that book you were dictating, but I think it will be hard on you to ask any more questions." But he replied: "It is not hard. Take your pen and mend it, and then write fast." And so he did...Then [in the evening] the boy of whom I spoke, whose name was Wilberht, said once again: "There is still one sentence, dear master, that we have not written down." And he said: "Write it." After a little the boy said, "There! now it is written." And he replied: "Good! it is finished; you have spoken the truth."[30]

Plummer, recognizing that Bede's last words echoed those of Christ on the Cross, as recorded in John 19:30, was evidently drawn to conclude that this was the verse which Wilberht wanted Bede to complete. The problem with this hypothesis is that while John 19:30 does indeed contain Christ's final words, they do not mark the end of the verse containing them, much less the twelve verses remaining in this chapter as well as the two chapters remaining to complete John's Gospel. Although John 6:9 does not mark the end of a chapter, it brings to a close the background to the miracle that immediately follows (John 6:10), when Christ gives instructions on how to proceed with feeding the multitude. We can reasonably conclude that Bede translated to the end of John 6:9.

This enterprise comes as something of a surprise for several reasons. First, it seems strange that Bede, the consummate and punctilious biblical

---

29) C. Plummer (ed.), *Venerabilis Baedae opera historica*, 2 vols (Oxford, 1896), I, p. lxxv, n. 5.
30) Colgrave & Mynors, *Ecclesiastical History*, p. 585.

scholar, who cherished the texts of Latin and Greek texts of Scripture because they were 'original,'[31] would risk the hazards of the vernacular. No less surprising is Bede's choice of Gospel. Among the Four Gospels, that of John was the odd man out. For one thing it did not conform to the basic chronology and narrative framework shared by the other three (Matthew, Mark and Luke), collectively referred to as the Synoptic Gospels. For another, John's Gospel is heavily theological, beginning with the famous opening, "In the beginning was the Word...," where the Synoptic Gospels begin a narrative of Christ's life with his birth and infancy. In attempting to explain what considerations would have encouraged Bede to override possible reservations about translating St John's Gospel, it is worth considering the context sketched in the Letter which seems to envisage one audience for the Gospels and another for Isidore. The Gospel translation, according to Cuthbert, was intended '*ad utilitatem ecclesiae Dei,*' which suggests a broad audience beginning perhaps with the clergy and clerical students and through their preaching ultimately reaching the laity.[32] Since virtually no commentaries on John's Gospel were available in the early Middle Ages—Bede had composed commentaries on Mark and Luke, and Homilies on the Gospels, but nothing on John—this broad audience would have benefitted enormously from a translation of the most difficult of the Gospels, especially if it incorporated Bede's interpretative comments, presumably generated by questions from keen students such as Wihtberht. In this view, Bede's translation of John's Gospel should be seen as a pastoral rather than a scholarly endeavor.

---

31) He had, for instance, written a commentary on the Acts of the Apostles, but subsequently revised it when he came into possession of a text of the Acts in Greek. Likewise, in his computistical works Bede emphasized his reliance on the *Hebraica ueritas*, Jerome's Vulgate translation of the original Hebrew.

32) Colgrave & Mynors, *Ecclesiastical History*, p. 582.

The second project was a translation of selected passages from the *Libri Rotarum* ('the Books of Wheels'), a popular name for Isidore of Seville's *De Natura Rerum* ('On the Nature of Things'), so called because manuscript copies of it often contained illustrative diagrams of concentric circles representing the planets. This work by the noted Spanish bishop and scholar who flourished in the first decades of the seventh century, was hugely popular in the early Middle Ages, serving as a Christian encyclopedia of natural history. Here Cuthbert's statement that Bede was translating "certain excerpts" from Isidore's book would seem at first glance to indicate a plan to provide selections from a classic textbook on natural philosophy for the benefit of his students. But the context, in which Bede is made to say "Nolo ut pueri mei mendacium legant, et in hoc post meum obitum sine fructu laborent" ("I cannot have my children learning what is not true, and losing their labour on this after I am gone"),[33] suggests rather the opposite view. Charles Jones saw here a rebuke to Isidore, whom he took to be the subject of *hoc* (though in that case we might have expected 'hunc');[34] Fontaine, less plausibly, takes *hoc* to mean, 'mendacium legere,' and speculates that 'mendacium' refers to inaccurate English translations of *De natura rerum* (*DNR*) that Bede wished his students to avoid by producing a translation of his own.[35] As I read it, the passage seems to imply that in his final days Bede fretted about what he perceived to be the damaging influence of Isidore's work on his students. Which naturally raises the question: why should the dying Bede have been so exercized about a work that on the face of it seemed to be far removed from the important doctrinal and scriptural issues to which he had devoted his

33) Colgrave & Mynors, *Ecclesiastical History*, p. 582.

34) C. H. Jones (ed), *Bedae Liber de Temporibus Maior siue de Tempore Ratione* (Cambridge, MA, 1943).

35) J. Fontaine (ed.), *Isidore de Séville: Traité de la nature* (Bordeaux, 1960), p. 79, n. 1.

scholarly energy?

In England during the second half of the seventh and the early eighth century, Isidore's *DNR* was the standard textbook on cosmography.[36] The work was known to Aldhelm who cites it in his *Epistola ad Acircium*. And it mattered greatly to Bede—so much so that his own *De natura rerum*, is clearly modelled on Isidore's work in its structural framework, its content, and even its title.[37] Yet by composing his own version of Isidore's work, one which borrowed heavily from other sources such as Pliny and the Hiberno-Latin *De ordine creaturarum* (*DOC*), Bede was in effect saying that he found the Isidorean model lacking in some ways. For example, it is noticeable that in cases where Isidore's explanation of some natural phenomenon was at odds with that of *DOC*, Bede tended to favor the latter. That said, it is not always clear why he objected to Isidore's views, but it appears that he regarded the last of the great Latin Church Fathers with some scepticism. This caution is most evident in his treatment of the *Etymologiae*, Isidore's most famous work. Bede used it freely for information on a variety of topics, taking full advantage of its encyclopaedic information. And he probably got from it the technique of etymologizing, which he used so frequently in his own works. Yet he identifies Isidore as his source by name only three times, in all cases for the express purpose of contradicting him. And in borrowing from the *Etymologiae*, "as often as not...he reproduces it, wholly or in part, in his own words."[38] In the case of Isidore's *DNR* specifically, Bede's criticisms probably had to do with those aspects of the

36) Ibid., p. 75.

37) Ibid., where Fontaine concludes that of the three recensions of Isidore's work circulating in the Insular world, Bede probably had the middle recension.

38) M. L. W. Laistner, "The Library of the Venerable Bede," in A. H. Thompson (ed.), *Bede: his Life, Times, and Writings, Essays in commemoration of the Twelfth Centenary of his Death* (New York, 1966), pp. 237–266, at 256.

work that touched on computational issues, a subject of the first importance to him. The scepticism appears to have increased with the passing of time. Seen from this perspective the excerpts from Isidore which Cuthbert mentions presumably refer to passages that Bede found especially egregious and wished to rewrite. These two translation projects should be seen as an effort to complete unfinished business. Knowing that he was soon to die and that his students would be deprived of his oral teaching in English, the normal means of instruction, he attempted to provide them with written substitutes in the vernacular.

Bede's interest in the pre-Christian English calender.

De temporum ratione ('On the computation of Time'), composed *c.* 723, represents Bede's last major statement about chronology and its relationship to the natural world. Besides giving a history of the various methods of computing time used in the Ancient World, it provides detailed information on how to make contemporary calculations about time, particularly the dating of Easter. This comprehensive work brimming with authorial confidence contains nineteen chapters (chs 11–29) dedicated to the 'month' as the basic unit of time, and within this section five chapters (chs 11–15) devoted to the structure of the month as it was measured by various cultures. Thus, Bede describes the nature and the names of the months among the Romans, Jews, Egyptians, Macedonians, and last, the Anglo-Saxons. The discussion, of course, is conducted in Latin, yet Bede reproduces the Anglo-Saxon names for the months as well as explanations of how they got their names. He begins by stating that "In olden time the English people—for it did not seem fitting to me that I should speak of other nations' observance of the year and yet be silent about my own nation's—calculated their months according to the course of the Moon." In proof thereof Bede adduces the evidence that the English word for the moon is *mōna*, whence derives *mōnath*, the generic word for "month." Then follows the list of months, six of which have *mōnath* as their second element. I identify each month by reference to its equivalent in the Julian Calendar:[39)]

January	*Giuli*
February	*Solmonath*
March	*Hredmonath*
April	*Eosturmonath*
May	*Trimilchi*
June	*Lida*
July	*Lida*
August	*Uueodmonath*
September	*Halegmonath*
October	*Uuinterfilleth*
November	*Blodmonath*
December	*Giuli*

Bede also supplies another Old English word (which would otherwise have been lost to us) for the name of the first day of their year: "They began the year on the 8th kalends of January [25 December], when we celebrate the birth of the Lord. That very night, which we hold so sacred, they used to call by the heathen word *Modranecht*, that is, 'mothers' night,' because (we suspect) of the ceremonies they enacted all that night."[40)] Bede correctly

39) Excerpted from F. Wallis (eds. & trans.), *Bede: The Reckoning of Time, Translated with introduction, notes and commentary* (Liverpool, 1999), pp. 53–54.

40) Ibid., p. 53, where the singular form, 'mother's night', is incorrect.

identifies the two elements of the compound but then offhandedly refers to rituals performed during that night without making clear in the least what they had to do with 'mothers,' the defining element of the compound. And while adverting to the pagan Germanic customs of his ancestors, Bede emphasizes that in the new Christian order the feast of Christmas Eve has appropriated the 'Night of the Mothers.'

Besides supplying the names of the Old English months, Bede explains what they signify ('*quid significent*'). His approach is etymological, probably modelled on Isidore of Seville's *Etymologiae*, whereby the names of the months are explained by reference to their component morphemes. Nor does he shrink in these etymologies from referencing the pagan past. Thus, two of the months derive their names from goddesses (*Hretha* and *Eostre*), and three more commemorate pagan rituals, *Solmonath*, 'the month of the cakes' which were offered to their gods; *Halegmonath*, 'the month of sacred rites;' and *Blodmonath*, 'the month of immolations.'[41]

We witness Bede the grammarian at work, though for the first time in his writings the object of his scholarly scrutiny is not Latin but English. Thus, in etymologizing *Modranect*, he carefully captures the plural number (genitive) of the first element, *modra-* ('*matrum*'), suggesting a group of goddesses. He uses the Latin term '*nouum compositum nomen*' ('an invented compound noun') to describe the process whereby Old English *Uuinterfilleth* is carefully translated, morpheme by morpheme, into a newly coined Latin calque, 'hiemiplenium': "*Uuinterfilleth* can be called [in Latin] by the invented compound noun 'hiemiplenium'" ('winter-full-moon'), an interesting reversal of the normal pattern whereby Old English adopted loan translations from Latin compounds. In using the term *compositum nomen* Bede also reveals his

41) Cf. OE *blōd*>*blētsian*, 'to sprinkle sacrificial blood' and thus 'to make holy.'

awareness of this characteristic feature of his own language.[42)]

In Bede's chapter on the English calendar one can detect a sense of pride about his native language and culture. His decision to incorporate the calendar of his pagan ancestors into one of his major Latin works, located side by side with accounts of the great calendars of earlier, Mediterranean cultures shows that he regarded the English one as being on a par with them. As he said in the opening sentence of this chapter, "it does not seem right to me to speak of the annual calendar of other nations and be silent about my own." All this pagan matter was described in some detail even though he knew that doing so ran the risk of scandal or criticism—hence the qualifier at the end, "Good Jesus, thanks be to you who by turning us away from these vanities has allowed us to offer to you the sacrifice of praise."

Bede's Treatment of English Onomastica (Place-names).

Though written in Latin, Bede's *Ecclesiatical History* contains a significant element of English words, mainly in the form of onomastica. Here I treat of the lexical and morphological aspects of these words rather than their phonology which has already been extensively studied.[43)] Bede's *History* is peppered with place-names. They serve to ground his narrative in the British landscape, to memorialize the locations of momentous events, secular and ecclesiastical, and to impart an ethos of veracity. Several patterns are

42) Bede also provides etymologies whose meanings are otherwise unknown. Thus, *Sol-monath*, 'mensis placentarum', is problematic, since no such meaning for '*sol-*' has been determined. For *Lida* (=*Liða*), Bede gives two etymologies, 'blandus' (cf. OE *liðe*, 'gentle, mild') and 'nauigabilis' (cf. OE *liðan*, 'to go by sea').

43) See H. Ström, *Old English Personal Names in Bede's History: an etymological-phonological investigation*, Lund Studies in English 8 (Lund, 1939), pp. 139–42; and T. J. M Van Els, *The Kassel Manuscript of Bede's 'Historia Ecclesiastica Gentis Anglorum' and its Old English Material* (Nijmegen, 1972).

observed in his treatment of them.

(1) At the simplest level, well-known place-names of English (especially Northumbrian) origin are given without comment; e.g. II. 14, *Adgefrin* (Yeavering); III. 22, *Tilaburg*; III. 24, *Laestingaeu*; IV. 23, *Heruteu*, *Streanaeshalch*, *Hacanos*.

(2) Sometimes the name is specifically identified as English, e.g. *HE* II. 16, 'iuxta ciuitatem quae lingua Anglorum *Tiouulfingcæstir* uocatur;' III. 9, 'in loco qui lingua Anglorum nuncupatur *Maserfelth*.'[44] Such examples seem to imply that the place in question had a prior, or alternative name in a non-English language. This conclusion is supported by examples where Bede mentions that the place was previously a Romano-British *ciuitas*; thus, *HE* I. 1, 'ciuitas quae dicitur Rutubi portus, a gente Anglorum nunc corrupte *Reptacæstir* uocata;' I. 7, 'iuxta ciuitatem Uerolamium, quae nunc a gente Anglorum *Uerlamacæstir siue Uaeclingacaestir* appellatur;' IV. 19, 'ad ciuitatem quandam desolatam…quae lingua Anglorum Grantacaestir uocatur;' IV. 23, 'secessit ad ciuitatem Calcariam quae a gente Anglorum *Kælcacaestir* appellatur.'[45] Conversely, Bede will sometimes supply the original, foreign place-name followed by its English nomenclature; thus, *HE* II. 2, 'ad Ciuitatem Legionum, quae a gente Anglorum *Legacaestir*…appellatur,' which suggests that the English form is derived from the Latin; and I. 12, 'in loco qui sermone Pictorum *Peanfahel*, lingua autem Anglorum *Penneltun* appellatur,' where despite Bede's claim for Pictish origins, the name is probably a hybrid of British **Pęn* and OIr *fáil*, the latter element a substitute translation (in the genitive) of British **wol* ('wall'), compounded with OE *tun*.[46]

---

44) Colgrave & Mynors, *Ecclesiastical History*, pp. 192 and 242, respectively.

45) Ibid., pp. 14, 34, 394 and 406, respectively.

46) Ibid., pp. 140 and 42, respectively. On the etymology of *Penneltun*, see M. Förster, *Der*

(3) In another category are those vernacular place-names which are identified as English, but often etymologized with a Latin calque: *HE* II.2, 'in loco, qui usque hodie lingua Anglorum *Augustinaes Ác*, id est "robur Augustini"...appellatur;' III.1, 'in loco qui lingua Anglorum *Denisesburna*, id est "riuus Denisi", uocatur;' III.2, 'Uocatur locus ille lingua Anglorum *Hefenfelth*, quod dici potest Latine "caelestis campus";' III.19, 'quod lingua Anglorum *Cnobheresburg*, id est Urbs Cnobheri, uocatur;' III.22, 'in uico regio qui dicitur *Rendlæsham*, id est "mansio Rendili."'[47] Occasionally, Bede juxtaposes an original Romano-British place-name with its contemporary English replacement; e.g. *HE* I.1, 'ciuitas quae dicitur Rutubi Portus, a gente Anglorum nunc corrupte Reptacaestir uocata;' II.3, 'in ciuitate Dorubreui, quam gens Anglorum a primario quondam illius, qui dicebatur Hrof, *Hrofæscæstræ* cognominant.'[48]

While explanations for Bede's categories (1) and (2) seem clear enough, category (3) with its more complex formulation merits further investigation. Not surprisingly, all of these places were historically important to Bede's narrative as the sites of decisive battles (*Denisesburna, Hefenfelth, Legacaestir*), ecclesiastical synods (*Augustinaes Ac*), royal conversions (*Rendlaesham*), monastic foundations (*Cnobheresburg*, *Penneltun*), and episcopal seats (*Hrofæscæstræ*). Moreover, a precedent for such etymologizing is found in Abbot Adomnán of Iona's *Vita Columbae* (VC), composed *c.* 700, where important place-names in Irish and Pictish are morphologically analyzed in Latin. Significantly, when dealing with Irish/Gaelic place-names in *HE*, Bede invariably provides etymologies of them in the style of

---

Flußname Themse und seine Sippe. Studien zur Anglisierung keltischer Eigennamen und zur Lautchronologie des Altbritischen, Sitzungberichte der Bayerischen Akademie der Wissenschaften, phil-hist. Abteilung 1 (Munich, 1941), pp. 849–50.

47) Colgrave & Mynors, *Ecclesiastical History*, pp. 134, 214, 216, 270 and 284, respectively.

48) Ibid., pp. 14 and 142, respectively.

Adomnán; e.g. compare his comment that the kingdom of Strathclyde, 'habet urbem *Alcluith*, quod lingua eorum [*sc.* the British] significat Petram Cluit; est enim iuxta fluuium nominis illius (*HE* I.12),[49] with Adomnán's *VC*, which identifies this place as the royal seat of the British king 'qui in petra Cloithe regnauit.'[50] We cannot rule out the possibility that Bede borrowed his technique of etymologizing important place-names from an Irish source.

Bede's Treatment of English Onomastica (personal names)

The Ecclesiastical History contains over 200 Old English names (some 30 of which are female). The challenge for Bede was how to treat vernacular names embedded in a Latin text. To introduce them in their native form and grammar would inevitably mean employing the necessary inflections of Old English and thus in a sense vernacularizing (and bastardizing) the Latin text.[51] To Latinize them was also problematic for two obvious reasons: first, reading (and hearing) the names of well-known figures of Anglo-Saxon history dressed in foreign garb might seem artificial to an English audience; secondly, there was the practical problem that many of these names, notably those that ended in a vowel, did not easily lend themselves to Latinization. While the broad outline of how Bede dealt with these issues is clear, there are a good number of exceptions and, as is often the case, these aberrations reveal the most about Bede's thinking on the use of the vernacular in a Latin context.

49) '...it has the town of Alcluith (Dumbarton), a name which in their language means "Clyde Rock" because it stands near the river of that name;' McClure & Collins, *Bede*, pp.22–23.

50) *VC* I.15 (heading); ed. by A.O. and M.O. Anderson, *Adomnan's Life of Columba* (revd. edn., Oxford, 1991), p.38.

51) Not to mention the problems that this would entail for non-English readers.

The subject of Bede's inflectional treatment of Old English names in the *Ecclesiastical History* was treated by Hilmer Ström, who concluded that the masculine names belonging to the Old English strong declensions are inflected according to the 2nd Latin declension of *-us* nouns, whereas the feminine names, as well as the weak masculines (in *-a*), follow the 1st Latin declension (in *-a*).[52] OE short-names in *-i* are not subject to Latinization in *HE* (unless in a form such as *Haedde*, where the *-e* could possibly represent the Lat. ablative ending). This summation is reasonably accurate as far as it goes. But in a sizable number of instances Bede departed from these rules; and more often than not, Ström was unable to explain them using purely grammatical criteria. In attempting to address this subject, I will re-formulate the categories, moving from Ström's groupings by noun classes to a more pragmatic one of noun endings; and I will bring to bear non-grammatical considerations to explain the apparent exceptions. I begin by dividing the Old English personal names into three categories:[53]

1. Names ending in a consonant:

Here the most common approach is to retain the Old English form in the nominative and attach the Latin inflections (based on masc. *-us* or fem. *-a* model) for oblique cases.

For example: Abbess *Eanfled* (nom.), *Eanfledam* (acc.); King *Eanfrid* (nom.), *Eanfridum* (acc.), *Eanfridi* (gen); Bishop *Cudberct* (nom. 7x), *Cudberctum* (acc. 1x), *Cudbercti* (gen. 6x), *Cudbercto* (dat. 6x); King *Osuald* (nom. 14x), *Osualdum* (acc. 2x), *Osualdi* (gen. 9x), *Osualdo* (dat. 1x, abl. 3x)—never *Osualdus*. For the name Ecgbert, one of Bede's heroes, with the exception of

52) *Old English Personal* Names, pp. 139–42.

53) Like many before me, I am indebted to P. F. Jones, *A Concordance to the Historia Ecclesiastica of Bede* (Cambridge, MA, 1929).

the nom., the full repertoire of Latin inflections is used: *Ecgberct* (nom. 13x), *Ecgbercte* (voc. 1x), *Ecgberctum* (acc. 1x), *Ecgbercti* (gen. 2x), *Ecgbercto* (dat. 2x, and abl. 3x).

Exceptions do occur, as in the treatment of the name Wilfrid, an important figure in *HE*. For the most part occurrences of his name follow the pattern outlined above, with *Uilfrid* (nom.), *Uilfridum* (acc.), *Uilfridi* (gen.), *Uilfrido* (dat. and abl.), except for *Uilfridus* (nom. 6x). As seen from the examples above, Bede does not normally supply the Lat. inflection for the nom. case, so how to explain its presence in these cases? Two occur in Bede's account of the Synod of Whitby, where Wilfrid was the chief spokesman for the Roman party, and in which Bede otherwise uses his normal uninflected form, *Uilfrid* (2x). In these two cases Bede broke his own rule probably because having identified Wilfrid's protagonist (the Irish bishop, Colmán) immediately before as 'Colmanus' he evidently felt that the latinized form *Uilfridus* was appropriate; likewise in another instance where Wilfrid was debating at a council in Rome. Two more instances of *Uilfridus* are contained in formal letters to the Pope, and the final example belongs in Wilfrid's epitaph.

Another exception concerns King Ecgfrid. Here the normal pattern is observed, *Ecgfrid* (nom. 6x), *Ecgfridum* (acc. 6x), *Ecgfridi* (gen. 8x), *Ecgfrido* (dat. 1x, and abl. 5x), except for one occurrence of the nom. form *Ecgfridus*. The use here of the Latin *-us* inflexion can be explained by the fact that Bede was reporting the verbal testimony of Bishop Wilfrid on the highly consequential matter of the king's unconsummated marriage.

The paradigm of *Cedd* (nom. 5x), *Ceddi* (gen. 4x), *Ceddo* (abl. in chapter title, 1x), *Cedde* (abl., 1x), is normal except that we find 'Cedd' (2x) in the acc. without *-um* (*HE* III.22). This may have been a modification made by Bede for the sake of euphony, to avoid excessive rhyming that would result from *'uir*um* Dei Ceddum' and *'eundem Ceddum redire dom*um*'. The treatment of Abbess *Hild* (nom. 6x), *Hildae* (gen. 2x) is normal, though no obvious explanation comes to mind for uninflected 'Hild' (acc. 1x), and 'Hild' (abl. 1x).

2. Names ending in -a

Here the treatment of vernacular names is different. Whereas in the first category the addition of Latin inflections could be made without doing violence to the basic free morpheme denoting the subject's name, which remained intact and morphologically discrete, in the present category the addition of Latin inflections could lead to awkward and unfamiliar combinations in vowel inflections. The following representative sampling illustrates how Bede handled this category:

ACCA: *Acca* (nom. 8x), but 'ad *Accan* presbyterum' (acc. 1x; *HE* V.19), perhaps under the influence of the inflected appositional 'presbyterum.'

AEBBA: *Abbae* (gen. 1x; dat. 1x), in both cases the name seems to have a Latin inflection of the feminine *-a* class, perhaps influenced by the corresponding Lat. appositives.

ANNA: *Anna* (nom. 3x, gen. 3x), but *Annae* (gen. 1x) probably to ensure that 'filia' was not mistakenly equated with 'Anna' in 'filia uxoris Annae' (*HE* III.8).

BOSA: *Bosa* (nom. 4x, gen. 1x, abl. 1x).

CEADDA: *Ceadda* (nom. 10x, gen. 2x, dat. 1x, abl. 1x, acc. 1x), but once *Ceaddan* (acc.) in a list of English bishops (acc. after 'habuitque'): 'secundum Iaruman, tertium Ceaddan' (*HE* III.24), perhaps under the influence of preceding 'Iaruman.'

CAEDUALLA: *Caedualla* (nom. 6x, abl. 2x), but once *Caeduallan* (acc. after 'post', 1x)

EAPPA: *Eappa* (nom. 2x), *Eappan* (acc. 1x) in 'presbyterum Eappan' (*HE*

IV. 14)

EATA: *Eata* (nom. 8x, abl. 4x).

EOLLA: *Eolla* (nom. 1x), with *Eallan* (acc. 1x), perhaps under the influence of three adjacent names with clear Lat. acc. inflections.

PENDA: *Penda* (nom. 5x, abl. 4x[54]), *Pendam* (acc. 1x),[55] but *Pendan* (gen. 8x), always in the collocation 'Pendan regis.'

UTTA: *Utta* (nom. 1x, abl. 1x), but *Uttan* (gen.) in 'Adda autem erat frater Uttan presbyteri inlustris,' perhaps because Bede wished to make clear the relationship between Adda and Utta.

For the most part Bede leaves this category of names untouched, except for occasional instances where he falls back on the Old English paradigmatic model for weak nouns, using the *-n* inflection for oblique cases. This latter method seems to have been adopted to disambiguate, as in 'Uttan' and 'Anna,' or more commonly, when the name formed part of a collocation containing an inffected Latin word, as in the case of 'Acca' and 'Penda.'[56]

3. Names ending in -i or -e

Bede does not employ the *-ius*/*-ia* inflectional model from Latin which in principle would work with such names, but instead sometimes resorts to *-us*/*-a* inflections for the oblique cases, but more often than not leaves the form unchanged. In the case of *Osuini* (nom. 4x, gen. 1x, acc. 1x) it appears that the name is uninflected, with final *-i* probably representing the OE high front vowel which subsequently was lowered to *-e*.[57] More problematic is the

54) Perhaps under the influence of the ablative of Latin fem. *a*-stems.

55) Possibly a scribal error for *Pendan*.

56) Some of the uninflected forms in oblique cases may reflect early examples of the loss of final *-n* in weak nouns, a characteristic of early Northumbrian; see Hogg, *Grammar of Old English*, §7.98.

57) Hogg, *Grammar of Old English*, §§6.50–53.

treatment of *Aeduini* (nom. 16x) and *Aeduini* (gen. 16x), where the nom. forms seem to represent the earlier vowel, but final *-i* of the latter forms could alternatively be read as a Latin genitival inflection[58)] in line with the unambiguously Latin inflections *Aedwinum* (acc. 4x) and *Aeduino* (dat. 5x, abl. 4x)—*Aeduine* (abl. 1x) may represents the base form of the name in use in Bede's time.

To sum up: As far as possible in the first category, names ending in a consonant, Bede used the vernacular (uninflected) form for the nominative and latinized forms for the oblique cases, because the syntax required some kind of inflectional marker. For the names ending in a vowel Bede is both a minimalist and a pragmatist. He avoids Latin inflections for the most part, leaving the words in their uninflected Old English form, while supplying the Old English *-n* inflection in special contexts. Generally speaking, Bede seems to favor using the vernacular form of the name wherever possible.

D. Bede's recognition of English dialects

There are at least two occasions in his *History* where Bede overtly mentions dialects of Old English other than his native Northumbrian.[59)] Speaking of a seventh-century Wessex king Bede refers to him as "Caelin rex Occidentalium Saxonum," but then explains that in the language of the West-Saxons he was called "*Ceaulin*."[60)] Since he refers to another person, a Northumbrian priest

---

58) *Aeduines* might have been expected if Bede were giving the OE inflection; see Campbell, *Old English Grammar*, §601, n. 1; and R. M. Hogg & R. D. Fulk, *A Grammar of Old English: vol. 2 Morphology* (Oxford, 2011), §2.62.

59) Note also *HE* IV.22 (Colgrave & Mynors, *Ecclesiastical History*, p. 402), where the young Northumbrian Imma who is taken prisoner by the Mercians and disguises himself as a peasant is recognized as an aristocrat by his speech ('per singula tua responsa cognoueram, quia rusticus non eras'), though the differentiation seems to be social rather than linguistic.

60) *HE* II.5, 'lingua ipsorum Ceaulin uocabatur;' Colgrave & Mynors, *Ecclesiastical History*,

with the same name, using the *Caelin* spelling (=*Cælin*), we can assume that this was the form in Bede's dialect. The *Ceaulin* form is somewhat problematic though most scholars would see it as an instance of West-Saxon æ>ea (long), occasioned either by the initial palatal /k/ or by the following /w/.[61]

The second instance is *Ceollach*, an Irishman who became Bishop of the Middle Angles after Diuma in the 650s. Bede once calls him *Cellach*, the form which represents his proper Irish name and is appropriate to the context where Bede supplies a list of the early Mercian bishops that may have come from a written source.[62] But in the second occurrence of his name which tells how he gave up his post among the Mercians and returned to Iona, Bede calls him *Ceollach*.[63] Since this alternative spelling does not accord with Old-Irish phonology it is best explained by reference to Old-English. In the Anglian dialect (which included Mercian), stressed /e/ before /ll/ normally underwent a process of breaking whereby it became the diphthong /eo/.[64] Bede's *Ceollach* evidently reflects that process and thus likely preserves a local, Mercian, pronunciation of Irish *Cellach*. This conclusion would accord with Wallace-Hadrill's suggestion that Bede's source for this chapter was oral, perhaps the Northumbrian priest Utta.[65]

This introductory study reveals multiple aspects of Bede's engagement with English. First, his practical interest in the problem of conversion conducted by foreign missionaries, and his own desire to facilitate that

---

p. 148.

61) Ström, *Old English Personal Names*, p. 96 (§6.4).

62) *HE* III. 24; Colgrave & Mynors, *Ecclesiastical History*, p. 292.

63) *HE* III. 21; Colgrave & Mynors, *Ecclesiastical History*, p. 280.

64) Campbell, *Old English Grammar*, §§139, 146.

65) J. M. Wallace-Hadrill, *Bede's Ecclesiastical History of the English People: A Historical Commentary* (rpt. Oxford, 2002), p. 116.

process by providing English translations of basic Christian prayers, while encouraging vernacular religious poetry on the model of Cædmon. Secondly, his account of the pagan calendar of his ancestors—an insertion into his treatise on time which although strictly speaking not essential was for him desirable—which reveals a patriotic interest in his native Northumbrian language and culture. Thirdly, his focus on English names, of persons and places, in the *Ecclesiastical History*, marked by a high degree of linguistic accuracy, which shows Bede the true historian at work in documenting the social and physical landscape. Yet Bede was not interested in English as a linguistic phenomenon. His works evince no interest in its origins or its relationship to other languages, not even the cognate Germanic ones. It is surely significant that writing (in his Commentary on Genesis) about the biblical story of the Tower of Babel, the archetypal story for linguistic debates about the nature of language and multilingualism, he entirely ignores these issues. For him English was his mother tongue, a defining component of his Anglo-Saxon/Northumbrian Christian heritage. Although never destined to be on the same footing as Latin, English was nevertheless a means towards such edifying ends as conversion, proselytizing, advancing knowledge of Christianity, and exploring its sublime truths.

Lamentations about Old Age in Three Middle English Poems:

"Heye Louerd, Thou Here My Bone," "Herkne to My Ron" and "Elde"

Yoko WADA

A curious feature of Middle English didactic poetry is the plethora of poems on death with a corresponding scarcity of poems on its natural antecedent, old age. This article examines and discusses individual characteristics of three notable penitential poems from the 14th century about advanced age and its grievances: (1) "Heye Louerd, Thou Here My Bone" in London, British Library, MS Harley 2253,[1)] (2) "Herkne to My Ron" in London, British Library, MS Harley 2253[2)] and Oxford, Bodleian Library, MS Digby 86[3)] and (3) "Elde" in London, British Library, MS Harley 913.[4)] These works are all based on the Elegies[5)] composed in Latin by a sixth-century Roman poet,

1) Text from Susanna Fein, David Raybin and Jan Ziolkowski (edd. and trans.), *The Complete Harley 2253 Manuscript*, vol 2, TEAMS Middle English Texts Series (Kalamazoo, MI: Medieval Institute Publications, 2014), pp. 198-205. The modern translation is based on the above edition, with some of my own emendations.

2) Text from Fein *et al.*, *The Complete Harley 2253 Manuscript*, vol 2, pp. 284-297. The modern translation is based on the above edition, with some of my own emendations.

3) Text from Carleton Brown (ed.), *English Lyrics of the XIIIth Century* (Oxford: Clarendon, 1932), pp. 92-101. The translation is my own.

4) Text from Thorlac Turville-Petre (ed.), *Poems from BL MS Harley 913: 'The Kildare Manuscript,'* The Early English Text Society O.S. 345 (Oxford: Oxford University Press, 2015), pp. 74-76. The translation is my own.

5) See A. M. Juster (ed. and trans.), *The Elegies of Maximianus*, with an introduction by Michael Roberts (Philadelphia, PA: University of Pennsylvania Press, 2018). Another

Maximianus. On the model of the Elegies, they are written as first-person monologues of an old man who laments his old age while bragging about and longing for the days when he was young, strong, rich and handsome. Now he longs for death as a reprieve from incessantly complaining about the afflictions of old age. However, as will be argued below, all three poems adapt this common source in very different ways.

An outline of the Elegies of Maximianus, composed in six parts, is as follows. In Elegy 1, while Maximianus as an old man is talking about a variety of illnesses and the troubles associated with old age, he lays bare his true feelings about the pain and suffering they cause him. Now that he cannot enjoy what he used to, he strongly desires death rather than endure his agonies any longer. In Elegy 2 a woman with whom Maximianus has lived for a long time expresses her loathing for him when he becomes old. She abuses him harshly in strong language and leaves him. Elegy 3 is his recollection of a love affair when he was young. He falls in love with a girl, but her mother forbids her from seeing him. He seeks advice from Boethius, which he follows, sending her parents gifts to win their favor. The moment they fall a victim to his ploy, his passion for the girl completely cools down. The girlfriend, disappointed with his lack of interest in her, abandons him. In Elegy 4, Maximianus becomes infatuated with a singer-dancer. One day, when he is taking a nap outdoors, her father happens to overhear him murmuring sweet nothings to his daughter in a dream. The father, imagining that Maximianus is seducing her, becomes angry. Elegy 5 is delivered by a now old Maximianus, who has fallen hopelessly in love with a beautiful young exotic Greek girl he meets in Constantinople. They manage to have a

---

translation is provided in Gabriele Zerbi (trans. L. R. Lind), Gerontocomia: *On the Care of the Aged and Maximianus, Elegies on Old Age and Love* (Philadelphia, PA: American Philosophical Society, 1988), pp. 319–336.

good time together by themselves. However, because of old age he is not able to make love on the second night. The woman sings a dirge, mourning the "death" of his male member, followed by a grand poem in a resonant voice composed by herself, praising the phallus as the source of life for all living things in the world before she leaves him. The very short elegy 6 ends with the conclusion Maximianus draws from his experience: since it is utterly shameful to continue lamenting, one should not live too long — and one is not immortal anyway.

Despite the fact that the Elegies are all about an old man's experiences of love in the past and his current, especially sexual, debility, the work was very popular as a reader for school boys in the twelfth and thirteenth centuries because its rhetorical, poetic style served as a literary model.[6] The Elegies were so well known to anyone who studied Latin that many major writers in the Middle Ages, such as Geoffrey Chaucer and John Gower, quoted from them.[7]

The monologue of old Maximianus, particularly in Elegy 1, provides the matter for the three Middle English poems discussed in this paper. The old man in "Heye Louerd, Thou Here My Bone" of MS Harley 2253, an alliterative penitential lyric composed in the form of a prayer, regrets his past

6) Juster, *The Elegies*, p.1; Zerbi, Gerontocomia, p.309. However, Tony Hunt notes that "Maximianus began to disappear from collections of school-texts in the thirteenth century." (Tony Hunt, *Teaching and Learning Latin in 13th-Century England*, vol. 1 (Cambridge: D.S. Brewer, 1991), p.86.)

7) George Lyman Kittredge, "Chaucer and Maximianus", *American Journal of Philology* 9 (1888), 84-85; George Coffman, "Old age from Horace to Chaucer: some literary affinities and adventures of an idea", *Speculum* 9 (1934), 249-277; David Richard Carlson, "Gower's Amans and the Curricular Maximianus," *Studia Neophilologica* 89 (2017), 67-80; R. F. Yeager, "Amans the Memorious" in Brian Gastle and Erick Kelemen (edd.), *Later Middle English Literature, Materiality, and Culture: Essays in Honor of James M. Dean* (Newark, NJ: University of Delaware Press, 2018), pp.91-103, at p.93.

sins and asks God for forgiveness:

> Heye Louerd, thou here my bone,
> ....
> Asoyle me of sunne,
> Fol Ich wes, in folies fayn,
> In luthere lastes Y am layn (ll. 1 and 6-8)

> (High Lord, hear my prayer, ... Absolve me of sin. I was a fool, pleased with follies; In wicked vices I am embroiled.)

In the fourth stanza he confesses the seven deadly sins he committed, one by one:

> Glotonie mi glemon wes;
>   With me he wonede a while.
> Prude wes my plowe-fere;
> Lecherie my lavendere;
>   With hem is Gabbe ant Gyle.
> Coveytise myn keyes bere;
> Nithe ant Onde were mi fere —
>   That bueth folkes fyle!
> Lyare wes mi latymer;
> Sleuthe ant Slep mi bedyver,
>   That weneth me unbe-while. (ll. 53-63)

> (Gluttony was my minstrel; With me he dwelt for a time. Pride was my playmate; Lechery my laundress; With them are Gossip and Guile.

Covetousness carried my keys; Envy and Anger were my companions — They are vile folk! Liar was my interpreter; Sloth and Sleep my bedfellows, Who still entertain me from time to time.)

In addition to its down-to-earth personification of the sins, what is unusual about this passage is that Gluttony is mentioned first although in conventional Roman Catholic theology Pride normally comes first when listing the seven deadly sins.[8] In fact, the old man's greatest sin must have been Gluttony because he complains "A goute me hath ygreythed so" (gout has so afflicted me) in line 24; he evidently used to enjoy plenty of rich food and alcoholic drinks. He desperately begs God to forgive his sins:

Such lyf Ich have lad fol yore.
Merci, Louerd! Y nul namore!
    Bowen Ichulle to bete.
....
    Sunnes bueth unsete!
Godes heste ne huld Y noht,
Bote ever ageyn is wille Y wroht; (ll. 69-71; 74-76)

(Such a life I have led very long. Mercy, Lord! I will not anymore! I will bow down to atone. .... Sins are unattractive! God's command I did not uphold, But ever I acted against his will.)

---

8) The order might have been influenced by John Cassian's *Institutes,* Bk 5.3, which put Gula (Gluttony) first. However, Cassian identified eight, not seven, principal vices, that is, gluttony, fornication, covetousness, anger, dejection, accidie, vainglory and pride, in that order, which differs from the order of the seven sins found in the present poem except for the placement of gluttony first. (http://www.documentacatholicaomnia.eu/03d/0360-0435,_Cassianus,_Institutes_Of_The_Coenobia_And_The_Remedies_Vol_3,_EN.pdf (viewed on August 20, 2022))

Yet, while the old man solemnly assures God that he repents of his past sins, he is still regretfully talking of the worldly goods which he has lost:

In luthere lastes Y am layn,
    That maketh myn thryftes thunne. (ll. 8-9)

(In wicked vices I am embroiled, Which makes my assets thin.)

Faste Y wes on horse heh
        Ant werede worly wede;
    Nou is faren al my feh (ll. 30-2)

(Set I was on a lofty horse And wore expensive clothes; Gone now is all my property)

Ant alle myn godes me atgoht (l. 42)

(And all my goods left me.)

He also seems to retain a lingering desire for certain worldly pleasures:

Whil Ich wes in wille wolde,
In uch a bour among the bolde,
    Yholde with the heste;
Nou Y may no fynger folde,
Lutel loved ant lasse ytolde,
    Yleved with the leste. (ll. 18-23)

(Once I was in pleasure's power, In every room among the powerful, Counted among the highest; Now I can no finger fold, Little loved and less esteemed, Abandoned with the lowest.)

When Y se steden stythe in stalle,
Ant Y go haltinde in the halle,
    Myn huerte gynneth to helde;
That er wes wildest inwith walle
Nou is under fote yfalle,
    Ant mey no fynger felde. (ll. 35-40)

(When I see spirited steeds in stall, While I go haltingly in the hall, My heart begins to sink; The one who once was wildest inside walls Is now fallen underfoot, And can fold no finger.)

He mentions twice that he "may no fynger folde" any more. This physical problem might have been caused by the gout mentioned in line 24, but in any case its effect is that he cannot/is not able to have fun sexually with women now, as suggested by the context which implies a private indoor place conducive to such activity, that is, "a bour" and "inwith walle."[9] Like

9) In using the phrase "mey no fynger felde" the poet might have played on words to convey a double meaning, "I cannot fold my finger (as a result of gout)" and "I cannot clasp any woman's fingers," a euphemism for "I cannot make love with women." Compare "The Fair Maid of Ribblesdale," also transcribed in MS Harley 2253, in which the poet praises a woman's beauty, saying, "Fyngres heo hath feir to folde: Myhte Ich hire have ant holde, In world wel were me! (ll. 55-57) (She has fingers fair to clasp: Were I her to have and hold, In world I would be well!"; also, lines from another lyric from the same manuscript, "Blow, Northern Wind": "A suetly suyre heo hath, to holde, With armes, shuldre, ase mon wolde, Ant fyngres feyre forte folde. God wolde hue were myn!" (A pretty neck she has, for embracing, With arms, shouder, as one would like, And fingers fair to clasp. Would to God she were mine!" (ll. 29-32). (Fein, *The Complete Harley 2253*, vol.2, pp.146-147 and 206-207, respectively.) In these both cases, "folde fyngres" obviously means "clasp (a

Maximianus in his Elegies, this old anonymous man laments the fact that he can no longer make love with women because of old age.

Towards the end of the poem, the old man reproaches Death who keeps him alive to make him suffer longer, and he begs God to let him die soon.

Dredful Deth, why wolt thou dare
Bryng this body that is so bare
    Ant yn bale ybounde?
Careful mon ycast in care,
Y falewe as flour ylet forthfare;
    Ychabbe myn dethes wounde!
Murthes helpeth me no more!
Help me, Lord, er then Ich hore,
    Ant stunt my lyf a stounde! (ll. 86-94)

(Dreadful Death, why do you delay To take this body that is so barren And bound in misery? An anxious man cast in care, I wither as a flower left to die: I have my death wound! Merriment helps me no more! Help me, Lord, before I turn gray, And end my life in an instant!)

Maximianus in his Elegies also wishes to die rather than continue to be afflicted by old age. Ironically, the old man in this Middle English lyric who for a long time wanted to die becomes scared once he is on the verge of death because he dreads the prospect of being buried in the ground when he dies.

---

woman's) fingers" and is used in the context of describing an attractive lady, whose fingers the poet wants to clasp.

That yokkyn hath yyyrned yore;
Nou hit sereweth him ful sore,
    Ant bringeth him to the grounde!
        To grounde hit haveth him ybroht. (ll. 95-98)

(The yoked life has yearned (for vice) for a long time; Now it deceives him very badly, And throws him to the ground! To the ground it has thrown him.)

The word "to ground" is repeated over lines 97 and 98, emphasizing the old man's fear of impending death and burial. This prosodic technique of concatenation, also found along with alliteration in other stanzas, gives the poem a forceful rhythm.

He is also afraid of death because he may go to hell in punishment for his sins. The narrator, desperate in the face of death, realizes that all he can do now in order to be redeemed is to praise the Savior and throw himself at His feet, pleading for mercy (ll. 99-102). Then he delivers a deathbed prayer, which is the final six-line stanza, the shortest in the poem:

Nou Ich am to dethe ydyht.
    Ydon is al my dede.
God us lene, of ys lyht,
That we of sontes habben syht
    Ant hevene to mede!
        Amen. (ll. 103-108),

(Now I am prepared for death. Done is all my deed. God grant us, of his light, That we may have a vision of the saints And heaven as reward! Amen.)

“Heye Louerd, thou here my bone” is a penitential poem, but differs from most serious didactic verse in that the narrator reveals many human weaknesses in a way designed to arouse empathy among various audiences. In addition, to make the poem attractive to a wider audience, the poet seems to choose down-to-earth words, such as “fulle-flet” (literally “fill-floor” meaning a useless person in the way) (l. 16) and “waynoun-wayteglede” (“a lazy dog” + “a watcher of burning coal”) (l. 17), terms of mockery designed to make fun of the old man, both of which are attested in *Middle English Dictionary* as hapax legomena.

Another Middle English poem based on the Elegies, “Herkne to My Ron,” is found in London, British Library, MS Harley 2253 and Oxford, Bodleian Library, MS Digby 86. Although the name, Maximianus, appears in this lyric, the story is told not by himself, but by a minstrel, and yet in the first person as if Maximianus were speaking. It consists of 275 lines rhythmical with alliterations and end rhymes. The “song” begins as follows (citations are from the MS Harley 2253 version unless otherwise stated):

Herkne to my ron,
As Ich ou telle con
    Of Elde, al hou it ges,
Of a mody mon
Hihte Maxumon,
    Soth, withoute les.
Clerc he was, ful god,
So moni mon understod —
    Nou herkne hou it wes. (ll. 1-9)

(Hearken to my song, For I can tell you Of Old Age, fully how it goes, And of a proud man Named Maximian, Truly, without lie. A well-educated man he was, very good, As many people understood —Now hearken how it was.)

After the introduction, the bard starts singing the narrative song in the persona of Maximianus himself.

Unlike the old man in "Heye Louerd, Thou Here My Bone ," 'Maximianus' of "Herkne to My Ron" dwells on how beautiful he was as a young man: other than the biblical Absolon he was the most handsome of men (l. 14). Specific features of beauty are described, as well as his physical strength, juxtaposed with his present state, for example:

"Mi meyn, that wes so strong,
Mi middel smal ant long (ll. 46-47)

(My strength, it was so strong;
My waist small and long.)

"Myn neb that wes so bryht
So eny sterre lyht,
    Falu is ant won.
My body that wes so wyht
Styth hit stod upryht —
    Y wes a mody mon!
My mayn ant eke my myht!
Stunt is al my syht! (ll. 226-233)

(My nose that was as fine As any star's light, Is faded and discolored. My body that was so white Sturdily stood upright —I was a proud man! My strength and also my might! Blinded is all my sight!)

As this old man is constantly bragging about his heady days while lamenting the fact that he has lost all these advantages, it leads him often to talk about the reversal of fortune in human life. The following lines are reminiscent of the Wheel-of-Fortune theme.

My wele is went to wo! (l. 70)

(My weal has gone to woe!)

"Gentil Ich wes ant freo,
Wildore then the leo
    Er Y bygon to hore,
Nou Y nam nout so,
My weole is turnd to wo,
    Ant hath ybe ful yore. (ll. 262-267)

("Noble I was and generous, Wilder than the lion Before I began to gray, Now I am not so, My prosperity has turned to woe, And has been so for a long time.)

Ephemerality is also a recurring theme in "Herkne to My Ron." The old man remembers his days as a strong young man when he wore gorgeous furs and had many friends who praised him. Now things have totally changed.

Men wyste non, ywys,
That werede veyr ant gris
(Ythryven ase Y was tho),
That havede more of his:
Nou hit so nout nys,
Ah al hit is ago! (ll. 97-102)

(People do not know, indeed, Who wore squirrel fur and grey fur (Thriving as I was then), Who owned even more things: Now it is not at all so, Rather everything is gone!)

"Fair Y was ant fre,
Ant semly forte se —
That lasteth lutel stounde! (ll. 109-111)

(Fair I was and generous, And comely to behold —That lasts a brief instant!)

The same phrase is repeated in another stanza.

Fair ich wes of hewe,
Ant of love trewe —
That lasteth lutel stounde! (ll. 178-180)

(Handsome I was of hue, And true in love —That lasts a brief moment!)

Like "Heye Louerd, Thou Here My Bone", the old man of "Herkne to My Ron" laments that life in old age is so hard that he would rather die.

"Y wolde Y were in rest,
Lowe leid in chest. (ll. 199-200)
(I wish I were at rest, Laid low in a coffin.)

To longe Ichave ben here,
Bi mo then sixty yere,
    So Y me understod.
Icholde that Ych were
Al so Y never nere —
    My lyf is nothyng god. (ll. 220-225)

(Too long have I been here, By more than sixty years, As it seems to me. I wish that I were As if I never existed —There is nothing good in my life.)

He is so distressed that he even resents having been born and continuing to be alive:

"Alas, that Y wes bore!" (l. 207)

(Alas, that I was born!)

Nou Ich am old ant cold,
Wet helpeth more ytold?
    Of lyve Ycholde Ich were. (ll. 259-261)

(Now I am old and cold, What avails to say more? Dead I wish I were.)

Now that he longs for death, old age and death come to be identical in his mind:

Elde, unhende is he;
He chaungeth al my ble
    Ant bringeth me to the grounde.
When Y shal henne te,
Y not whider Y fle;
    Forthi Y sike unbestounde. (ll. 115-120)

(Age, discourteous is he; He changes all my complexion And casts me to the ground. When I shall travel from hence, I know not whither I'll fly; Therefore I often sigh.)

Thus, while he wants to die, the old man is very afraid of death since he does not know where he will go thereafter. He expresses his fear of death, again, in these lines:

Deth Y doute mest:
    Whider that Y shal te? (ll. 209-210)

(Death I fear most: Whither shall I go?)

Nou Ich am liche a tre
That loren hath is ble;
    Ne groweth hit namo.
For thah Icholde fle,
Y not wyder te;

Elde me worcheth wo. (ll. 190-195)

(Now I'm like a tree Having lost its color; It no longer grows. For though I would flee, I know not whither to go; Age exercizes suffering on me.)

Christians were taught to keep death in mind and prepare for it by repenting of their sins. This very popular medieval topos, the memento mori, is clearly present in the following stanza:

Al this wylde wone
Nis hit bote a lone —
    Her beth blisse gnede!
To wepen ant to grone,
To make muche mone,
    That we doth for nede;
Ant under the stone,
With flesh ant with bone,
    Wormes shule we fede. (ll. 52-60)

(All this disordered dwelling Is nothing but a loan —Here bliss is scarce! To weep and to groan, To make much moan, We do that of necessity; And under the tombstone, With flesh and with bone, Worms we shall feed.)

The poem ends with a shift from Maximianus' themes of old age, moving to Christian themes of death, or penitence at the end. The minstrel who began singing this song addresses all mankind who lived and lives like Maximianus, indifferent to weal or woe :

Deth is that Y munne —[10]
Me seggeth that hit is sunne —[11]
    God brynge us out of tho.
      Amen, par charite,
      Ant so mote hit be." (ll. 271-275)

(Death is what I sing about —They say that it is sin (not to care about death)—May God deliver us from it. Amen, for charity, And so may it be.)

An added dimension of this Middle English version is that its Maximianus persona is married while Maximianus of the Elegies is not because he explains that he does not want to be tied to married life.[12] Maximianus in "Herkne to My Ron" is reviled by his nagging wife:

With hunger Y am feed;
Heo seith Y 'spille breed,'
    My wif that shulde be.
Myn herte is hevy so led,

10) Now the speaker shifts from Maximianus to the bard who sings this song. "Y munne" means "I narrate" or "I sing" rather than "I lament," the translation given in Fein, *The Complete Harley 2253*. See *MED* monen v.(1) 2.(b).

11) "Me seggeth" is "They say" or "It is said" rather than "I say" in Fein, *The Complete Harley 2253*.

12) It is possible the word "wif" means a woman rather than a wife. Maximianus of Elegy 2, in fact, lived with a woman named Lycoris for many years, who later began to call him ugly, decrepit and old. She even said in his presence, "Is this the man I loved and often kissed softly? What a horror!", calling down abundant other curses on his head while Maximianus was still besotted with her.

Me were levere be ded
　　Then lyves forte be. (ll. 79-84)

(With hunger I am fed; She says that I 'waste bread,' What a wife she is! My heart is as heavy as lead, I would rather be dead Than to be alive.)

Again, the husband complains of his wife in another stanza:

"Reuthful is my red.
Hue maketh me selde gled,
　　My wyf that shulde be.
Y dude as hue me bad,
Of me hue is asad —
　　Evele mote hue the!
Hue clepeth me 'spille bred' —
Serewe upon hyre hed! —
　　For hue nul me yse.
Ych am hevy so led;
Betere me were ded
　　Then thus alyve to be. (ll. 142-153)

("Sorrowful is my thought. She makes me seldom happy, What a wife she is! I did as she bade me, Yet with me she is unsatisfied —May she have bad luck! She calls me 'wasted bread' —Sorrow upon her head! — For she will not look at me. I am as heavy as lead; Better were I dead Than thus alive to be.)

The second version of "Herkne to My Ron" from MS Digby 86, transcribed around 1272 to 1282,[13)] shares much the same contents with the version of MS Harley 2253. However, the Digby version ends quite differently. Although the old man also expresses resentment towards his wife and his friends as in MS Harley 2253, his anger erupts in the last stanza of the Digby version:

Iich may seien alas,
Þat ich i-boren was;
I-liued ich have to longe.
Were ich mon so ich was,
Min heien so grei so glas,
Min her so feir bihonge,
And ich hire heuede bi þe trasce
In a derne place,
To meken and to monge:
Ne holde hoe neuere at-witen
Min helde ne me bifliten,
Wel heye I shulde hire honge. (ll. 262-273)

(I can say, alas that I was born! I have lived too long. If I were the man I was—my eyes as blue as glass, my hair hung so beautifully—, and I would lift her by the tresses in a secluded place to tame and deal with her; so that she should never speak ill of my old age or scold me, I would hang her up high.)

13) Carleton Brown (ed.), *English Lyrics of the XIIIth Century* (Oxford: Clarendon, 1932), pp.92-100.

The way the lyric ends does not seem to accord with the conventions of a penitential poem; the explosion of personal frustration, indignation and vindictiveness is expressed so unexpectedly and directly that one feels as if one were listening to a desperate flesh-and-blood human being.

The third Middle English poem, "Elde," in London, British Library, MS Harley 913 consists of seventy heavily alliterated lines. The narrator laments many of the physical symptoms of aging, but his main concern is the dysfunction of his male member. The poem begins with the old man's monologue, which captures the essence of the whole lyric:

> Elde makiþ me geld and growen al grai,
> When eld me wol feld, nykkest þer no nai.
> Eld nul meld no murþes of Mai,
> When eld me wol aweld, mi wele is awai.
> Eld wol keld and cling so þe clai,
> Wiþ eld I mot held and hien to mi dai. (ll. 1-6)

> (Old age makes me impotent and turn completely gray, When old age wants to bend me down, there is no denying it. Old age has nothing to do with the joys of May, When old age wants to defeat me, my happiness is gone. Old age will make me cold and dried up like earth, I must stay with old age and hurry to my appointed day.)

Like the Reeve in Chaucer's Prologue the old man is extremely honest about his feelings of sexual frustration, yet he is also conscious of his guilty feelings:

Ihc ne mai no more
Grope vnder gore,
    Þoþ mi wil wold ȝete;
Yȝoket ich am of ȝore
Wiþ last and luþer lore,
    And sunne me haþ biset. (ll. 15-20)

(I cannot grope Under a skirt any more, Though I still want to do so; For a long time I have blinded myself to lust and sinful conduct. And sin has afflicted me.)

His consciousness about the dysfunction of his male member finds expression in brutal imagery and similes:

Y ne mai no more of loue done,
Mi pilkoc pisseþ on mi schone,
    Vch schenlon me bischrew. (ll. 30-32)

(I cannot make love any more, My penis pisses on my shoes, Every rascal curses me.)

He also says he walks "as galliþ gome igeld" (=like a castrated man afflicted with sores) (l. 44), and that his hair is colored like "a grei mare" (a gray mare) (l. 34), both of which suggest loss of virility.

The old man further laments other aspects of his physical deterioration—his lack of saliva, his dripping nose, his decaying teeth, his shrinking body, his completely distorted figure and so on. The poet emphasizes these symptoms of senility with very heavy alliteration, which produces a comical effect despite the speaker's miserable condition:

Now I pirtle, I pofte, I poute,
I snurpe, I snobbe, I sneipe on snovte,
  Þroȝ kund I comble and kelde.
I lench, I len, on lyme I lasse,
I poke, I pomple, I palle, I passe
  As gallid gome igeld.

I riuele, I roxle, I rake, I rouwe,
I clyng, I cluche, I croke, I couwe,
  Þus he wol me aweld.
I grunt, I grone, I grenne, I gruche,
I nese, I nappe, I nifle, I nuche,
  And al þis wilneþ eld.

I stunt, I stomere, I stumble as sledde,
I blind, I bleri, I b[l]ert in bedde,
  Such sond is me sent!
I spitte, I spatle in spech, I sporne,
I werne, I lutle, þerfor I murne,
  Þus is mi wel iwent.
(ll. 39-56)

(Now I poke around, I puff, I pout, I shrivel, I sob, I wither, I blow my nose with finger and thumb, By [the process of] nature I become numb and grow cold. I stoop in walking, become lean, grow smaller in stature; I dawdle, I toddle about, I grow weak, I walk Like a gelded man afflicted with sores.

I become wrinkled, I grunt, I roam, I cough, I shrivel, I crouch, I become crooked, I cough, In this way he wants to overcome me. I grunt, I groan, I gape, I grumble, I sneeze, I doze, I snivel, I tremble, And old age desires all this.

I dwindle, I stammer, I stagger like a sledge, I go blind, I go bleary, I snore loudly in bed—Such destiny/sound is sent to me! I spit, I dribble in speech, I stumble, I shrivel up, I shrink, therefore I mourn, Thus my well-being has departed.)

Apart from extremely dense alliteration, another interesting characteristic of these stanzas is that many of its words seem to be hapax legomena according to the *Middle English Dictionary*. Since they have very down-to-earth connotations, it can be assumed that they represent common speech, rather than the elevated language associated with literary works. Moreover, many of these words are recorded in *Wright's English Dialect Dictionary* which adds another dimension of non-standard orality to them.[14] This colloquial vocabulary probably provided more possibilities for alliteration while also attracting a larger popular audience.

Following this comically heavy bout of alliteration, the tone of the old man gradually becomes serious and pathetic in the penultimate stanza:

Ispend and marrit is mi main,

14) Yoko Wada, "Peculiarities of the Middle English poem *Elde* of London, British Library, MS Harley 913" in *Essays on the Occasion of the 70th Anniversary of the Institute of Oriental and Occidental Studies, Kansai University* (Kansai University Press, 2022), pp. 87-97.

And wold wil ȝuþe aȝayn,

As falc I fallow and felde.

I was heordmon, nov am holle,[15]

Al folk of me beþ wel folle.

Such willing is after elde![16] (ll. 57-62)

(My vigor is exhausted and impaired, And [I] would like to get pleasant youth back; Like a sickle I bow down and stoop. I was a herdsman, [but] am a wicked person now, Everybody is fed up with me. Such is the desire for old age!)

The poem ends with the old man's monologue of death looming over him:

Eld me haþ so hard ihent,

Seo, wouw spak[l]y he me spent,

Vch toþ fram oþer is trent,

Arerid is of rote.

Þe tunge wlaseþ, wend þerwiþ,

Lostles lowtiþ in uch a liþ;

I mot be þer eld beþ,

15) Wright's *English Dialect Dictionary* defines the word HOLE as "sb. 2 Irel. A bad, wicked person). Considering not only the context, but also the fact that the manuscript containing "Elde" was written in Ireland, it seems to be a better interpretation than "an empty shell" (Lucas, *Anglo-Irish Poems*, p. 163) or "sunken" (Turville-Petre, *Poems*, note for l. 60, p. 130). Wright's *Dictionary* does not give the etymology of HOLE, but it might derive from the name of Frau Holle, a pre-Christian Germanic legendary creature, who was depicted as a witch or a hag among other figures. Bishop Burchard of Worms (d. 1025) mentions Holda (whose nickname is Holle), that is, the likeness of a woman into which a mob of demons is transformed (Thomas Leek, "Holda: Between folklore and linguistics," *Indogermanische Forschungen*, 113 (2008), 312-38 at 316.

16) In other words, "Such is the extent of all people's desire for old age."

He fint me vnder fote. Amen. (ll. 63-70)

(Old age has taken hold of me so hard, Look, how readily he consumes me, Each tooth is twisted from the other, [It] is raised from the root. The tongue mumbles, [then] becomes motionless, The listless one becomes feeble in every joint. I am forced to be where old age is, He finds me under foot. Amen.)

The image of the last sentence "He fint me vnder fote." is terrifying: Old Age finds the old man buried in the earth. Most appropriately "Elde" is followed by a poem "Erth" in MS Harley 913, the theme of which is that humans made from earth will return to earth.

It remains to draw some conclusions about these three poems, bearing in mind the assessments of them offered by Rosemary Woolf some fifty years ago. "Heye Louerd, Thou Here My Bone" is a penitential poem in the form of an old man's prayer asking God for forgiveness of his sins. He confesses the seven deadly sins he committed, an appropriate approach for a penitential poem, but a characterization at odds with Woolf's reading of the poem as "a model for imitation,"[17)] "more serious, penitential, and exemplary" (than the other two poems).[18)] However, it can hardly be viewed as exemplary since the old man does not seem to fully repent; he still retains lingering worldly desires. Indeed, he is depicted as a desperate person struggling just to survive and wanting to die, so there is nothing exemplary about him. At best the audience would like to hope that he (and they) will be eventually redeemed.

17) Rosemary Woolf, *The English Religious Lyric in the Middle Ages* (Oxford: Oxford University Press, 1968), p. 105.

18) Woolf, *The English Religious Lyric*, p. 104.

He is exemplary only in the sense that he represents fallen, sinful mankind.

The second poem, "Herkne to My Ron," is written in the form of a song about Maximianus sung by a minstrel who refers to him by name in his lyric. Just like the Maximianus of the Elegies, the old man in "Herkne to My Ron" was a very rich, powerful, handsome man in his youth, whereas now he is old and feeble, afflicted with illnesses and the problems characteristic of old age. He is constantly bragging about his past and lamenting the miseries of the present. However, this old man is unlike the Maximianus of the Elegies in that he is very fearful of death and is conscious of not being spiritually prepared for the next life; in other words, he has not had his sins forgiven through confession yet. The old man desperately tries to repent of his sins as he grows weaker and realizes he will die soon.

Another thing which makes this song about Maximianus different from the Elegies is that it contains references to the Wheel of Fortune, the ephemerality of this world, memento mori, and maggot-ridden bodies in the grave, all topoi commonly found in medieval didactic literature and art. This version is a skillful adaptation of a classical work into one more appropriate for a medieval Christian audience. At the same time, complaints made by the "Maximianus" persona about his wife, not found in the Elegies, must have resonated with a popular audience, allowing them to feel at home with the old man of the poem. At the end of the Harley version, the old man laments his own sins and asks God to forgive them.

The Digby version of the same poem, according to Woolf, "provides an example of rebellion" against the poet's mockers.[19] However, I would argue that the old man is publicly venting his frustration and anger by talking to himself, rather than ranting at his wife. The desperation of this helpless old

---

19) Woolf, *The English Religious Lyric*, p.105.

man expressed in the last stanza provokes the audience both to laugh at and take pity on him, making this lyric very human. As Woof notes, the Digby version is certainly "powerful" but "longer and excessively disordered in thought."[20] Certainly, it is less logical and more repetitive throughout than the Harley version, but whether this is intentional or not is unclear since the Digby version might have been deliberately composed to portray the old man's incoherence as an aspect of his senility.

The old man of "Elde" talks bluntly about his sexual dysfunction, exactly what Maximianus laments most in his Elegies. Somewhat disapprovingly, Woolf seems to consider "Elde" positively indecent, noting that "In content it is far less soberly decorous, emphasizing, as Maximian had done, the frustration of impotence, and openly describing some of the more disagreeable physical symptoms of senility."[21] However, many of these graphic symptoms of old age serve a thematic purpose since in the Middle Ages they were widely recognized as signs of approaching death. In this way, the poet makes it clear that the old man is at death's door. The lines with extremely dense alliteration which sound like an aural mockery of his feeble physical condition may well be comical, but they give way in the final stanza to a shift to a serious mood, depicting the old man in his final moments. This unexpected change of tone implicit in the anticlimactic ending would have been highly effective at shocking a medieval audience much more than conventionally somber poems on death. Woolf, however, finds "Elde" to be "the least didactic"[22] of the three poems because unlike the other two the old man "is himself quite unaware of the moral implications of old age, and therefore gives no warning: at most he expresses the inevitability of his

20) Woolf, *The English Religious Lyric*, p. 105.

21) Woolf, *The English Religious Lyric*, p. 105.

22) Woolf, *The English Religious Lyric*, p. 105.

wretchedness."[23] However, by depicting a dying old man such as might be encountered in real life, rather than a conventional model penitent, the poem teaches us how grim reality can be. "Elde" is not just comic and vulgar, but rather an elaborately constructed version of the theme of memento mori, intended perhaps for a popular, non-literate audience.

Different from most didactic poems in Middle English, all three of these lyrics are written as monologues of an old man carrying the burden of the physical and psychological weaknesses of old age. "Heye Louerd, Thou Here My Bone" is cast in the form of the prayer of an old man desperate for God's forgiveness as the last moment approaches; "Herkne to My Ron" of the Harley version is in the form of a song about Maximianus as a languishing old man despised by his wife and deserted by his friends, repenting his sins but still entertaining lingering regret for the loss of earlier pleasures. By contrast, the old man of the Digby version of the same poem rants and raves till the end. "Elde" is the most unconventional of the three in its main theme, vocabulary and dense alliteration. The protagonist of "Elde" conveys the spirit of Maximianus of the Elegies best, constantly lamenting his impotence as well as his pathetic physical condition with elaborate heavy alliteration. In different ways, with differing emphases, all three poems convey very human aspects of an old man's character. Use of the first person in all three poems allows for vivid expression of the speaker's emotions as if he were talking personally to the audience, exactly how the sixth-century Maximianus related his stories in the Elegies. The final anguished voices and emotions of the three old men reach us in the present through their vivid imagery.

---

23) Woolf, *The English Religious Lyric*, p.106.

This article is an extensively revised version of a paper read at the 94th General Meeting of the English Literary Society of Japan, held (on Zoom) on May 22, 2022. My research was financially supported by MEXT (the Grant-in-Aid for Scientific Research or KAKENHI: 20K00428 for 2022).

References

Peter G. Beidler, *A Manual of the Writings in Middle English 1050-1500*, vol. 11 (New Haven, CT: The Connecticut Academy of Arts and Sciences, 2005), pp.4336-4337.

Carleton Brown (ed.), *English Lyrics of the XIIIth Century* (Oxford: Clarendon, 1932).

George Coffman, "Old age from Horace to Chaucer: some literary affinities and adventures of an idea", *Speculum* 9 (1934), pp.249-277.

Marilyn Corrie, "Harley 2253, Digby 86, and the Circulation of Literature in Pre-Chaucerian England" in *Studies in the Harley Manuscript: The Scribes, Contents, and Social Contexts of British Library MS Harley 2253* ed. by Susanna Fein (Kalamazoo, MI: Western Michigan University, 2000), pp.427-443.

Susanna Fein, David Raybin and Jan Ziolkowski (edd. and trans.), *The Complete Harley 2253 Manuscript*, 3 vols., TEAMS Middle English Texts Series (Kalamazoo, MI: Medieval Institute Publications, 2014-2015).

David Fuller, "Lyrics, Sacred and Secular" in *A Companion to Medieval Poetry* ed. by Corinne Saunders, (Oxford: Wiley-Blackwell, 2010), pp.258-276.

Tony Hunt, *Teaching and Learning Latin in 13th-Century England*, 3 vols (Cambridge: D.S. Brewer, 1991).

A. M. Juster (ed. and trans.), *The Elegies of Maximianus*, with an introduction by Michael Roberts (Philadelphia, PA: University of Pennsylvania Press, 2018).

George Lyman Kittredge, "Chaucer and Maximianus", *American Journal of Philology* 9 (1888), pp.84-85.

Thomas Leek, "Holda: Between folklore and linguistics," *Indogermanische Forschungen*, 113 (2008), 312-38.

Angela M. Lucas (ed. and trans.), *Anglo-Irish Poems of the Middle Ages* (Dublin: The Columba Press, 1995).

John Scattergood, *The Lost Tradition: Essays on Middle English Alliterative Poetry* (Bodmin: Four Courts Press, 2000).

Thorlac Turville-Petre (ed.), *Poems from BL MS Harley 913: 'The Kildare Manuscript,'* The Early English Text Society O.S. 345 (Oxford: Oxford University Press, 2015).

Rosemary Woolf, *The English Religious Lyric in the Middle Ages* (Oxford: Oxford University Press, 1968).

R. F. Yeager, "Amans the Memorious" in Brian Gastle and Erick Kelemen (edd.), *Later Middle English Literature, Materiality, and Culture: Essays in Honor of James M.*

Dean (Newark, NJ: University of Delaware Press, 2018), pp. 91-103.
Gabriele Zerbi (trans. L. R. Lind), Gerontocomia: *On the Care of the Aged and Maximianus, Elegies on Old Age and Love* (Philadelphia, PA: American Philosophical Society, 1988).

Figurenrede in altjapanischer Literatur

——mit Beispielen aus dem *Kojiki* und *Man'yōshū*

Robert F. Wittkamp

In der westlichen Narratologie gilt die Präsentation von Figurenrede als eine Möglichkeit des Erzählers zur Regulierung der eigenen Mittelbarkeit und damit als eine Möglichkeit des Erzählers zur graduellen Selbstdarstellung. Die folgenden Beobachtungen betreffen grundsätzlich auch die Gedankenrede, beschränken sich aber auf die Figurenrede. In der bloßen Erwähnung des sprachlichen Akts, wie „Valentin sprach mit Grete“,[1] tritt die sich zwischen den kommunizierenden Figuren der erzählten Welt und den Rezipienten vermittelnde Sprecherinstanz – der Erzähler – deutlich hervor, da die Hörer- oder Leserschaft über den Inhalt der Figurenrede nichts erfährt, wohl aber weiß, dass der Erzähler das Thema oder den gesamten Inhalt verschweigt. Das andere Extrem ist die autonome direkte Rede, in der direkte Figurenrede ohne typographische Zeichen[2] oder *verba dicendi*, wie „er sagte“, präsentiert wird,[3] sodass nun umgekehrt der Erzähler ganz in den Hintergrund tritt. Freilich ist er dennoch da, aber außer dem Wissen, dass eine Erzählung nur

---

1) Die Beispiele und das Modell stammen aus Martínez und Scheffel 2016: 54–67.

2) Zu bedenken ist, dass für die typographischen Zeichen, wie Anführungsstriche, nicht der Erzähler, sondern der abstrakte Autor zuständig ist. Altjapanischen Originaltexte wiederum besitzen weder Interpunktion noch Anführungszeichen, werden in Kommentarausgaben aber nicht ohne diese präsentiert. Sie sind das Ergebnis der philologischen Aufarbeitung, die wiederum auch den abstrakten Autor manipuliert.

3) Im Japanischen ist vom *in'yō jutsugo* 引用述語（Oda 2015: 525–526）oder einfach nur *jutsugo* 述語（Fujita 2014: 35–36）die Rede.

aus Erzählerrede bestehen kann,[4] gibt es keinen Hinweis mehr auf seine Präsenz. Zwischen diesen beiden Extremen liegen – in abnehmender Mittelbarkeit – der Gesprächsbericht („Valentin erzählte Grete von einem Nest"), der mit der Erwähnung des sprachlichen Akts zur „erzählten Rede" gehört, die „transponierte Rede" als „indirekte Rede" („Valentin sagte zu Grete, dass sie ein Nest in ihrem Garten hätten")[5] und „erlebte Rede" („Ja, sie hatten wirklich ein Nest in ihrem Garten") sowie schließlich die „zitierte Rede", zu der die „direkte Rede" („Valentin sagte zu Grete: »Weißt du, wir haben ein Nest in unserem Garten!«") sowie die oben erwähnte „autonome direkte Rede" („Weißt du, wir haben ein Nest in unserem Garten!") gehören.[6]

Für die Leserschaft moderner deutschsprachiger Literatur bereitet die Unterscheidung von direkter und indirekter Rede durch den Einsatz von *verba dicendi* und typographischen Zeichen beziehungsweise dem Konjunktiv (I und II) oder der Konstruktion mit Infinitiv + zu keine Schwierigkeiten, aber wie Sebastian Balmes (2022: 315–321) zeigt, fällt im Japanischen die „Unterscheidung von direkter (zitierter) und indirekter (transponierter) Rede [...] alles andere als leicht" (ebd. S. 315), zumal das Japanische in der Funktion der Kennzeichnung von zitierter Rede weder den Konjunktiv noch die Verbindung mit Infinitiv + zu kennt. Balmes (ebd. S. 316) zufolge gibt es auch keine syntaktischen Unterschiede, was allerdings für altjapanische Texte im Folgenden noch zu prüfen ist. Bei vormodernen japanischen Texten kommt hinzu, dass nach Balmes typographische Symbole zur Markierung von

---

4) Zu Erzählerrede und Figurenrede vgl. auch Schmid 2008: 154–159, der die Vereinigung von Erzählerrede und Figurenrede als Erzähltext beschreibt: „Die Reden der Figuren sind Zitat in der Rede des sie auswählenden Erzählers" (ebd. S. 155).

5) Martínez und Scheffel (2016: 66) kennzeichnen die indirekte Rede mit dem Konjunktiv II („hätten"), aber solange keine Lüge unterstellt wird, wäre der Konjunktiv I („haben") angebracht, der im Plural allerdings identisch mit dem Indikativ ist.

6) Vgl. das Schaubild in Martínez und Scheffel 2016: 66.

Figurenrede erst in der „Edo-Zeit (1603–1868), etwa in Form von Dreiecken ▲“ (ebd. S. 319), vorkommen. Freilich gibt es auch Merkmale innerhalb der zitierten Figurenrede, die auf direkte oder indirekte Figurenrede verweisen.[7) So kann direkte Rede deiktische Ausdrücke enthalten, welche die redende Figur in der erzählten Welt zeitlich, räumlich oder auch sozial verortet; auf ein Beispiel ist zurückzukommen.[8)] Oder die zitierte Figurenrede erscheint in der „Verbindlichkeitsform (*teineigo* 丁寧語)“, die im modernen Japanisch auf „neutraler“ Ebene mit den Verbendungen mit -*desu* und -*masu* kenntlich gemacht ist. Balmes zufolge dient diese Unterscheidung jedoch nur einer „groben Orientierung“ (ebd. S. 318), aber für das Altjapanische ist sie ohnehin irrelevant. Ebenso wenig von Bedeutung sind moderne Floskeln wie „*yo*, womit eine Aussage bekräftigt wird, oder *ne*, womit um Zustimmung beim Gesprächspartner ersucht wird“ (Balmes ebd.). Gewiss wird es auch im Altjapanischen solche Modalwörter gegeben haben, und Betonungen etc. sind auch in der Literatur auszumachen, aber sie lassen nur bedingt Aussagen über Mündlichkeit zu, sodass an ihnen der Grad der Mittelbarkeit schwer zu bestimmen ist. Einige Belege dafür kommen in den folgenden Textstellen vor.

Balmes (ebd. S. 319) erachtet die direkte Rede „in der Regel als Standardfall“ und macht „indirekte Rede vor allem an auf das Referenzsystem des Erzählers verweisenden ehrerbietigen [*sonkeigo* 尊敬語] und demütigen [*kensongo* 謙遜語] Formen“ fest. Wie allerdings „Japans älteste Erzählung“ – eine Aureoleninschrift aus dem Tempel Hōryūji – zeigt, kann die sogenannte „selbstbezügliche Ehrerbietung“ (*jikei hyōgen* 自敬表現), die in der Figurenrede vorkommt, die Bestimmung als direkte oder indirekte Rede weiterhin

7) Als „zuverlässiges Unterscheidungskriterium“ führt Balmes (2022: 315) die „Intonation“ an, was aber ohne weitere Erklärungen oder Beispiele unverständlich bleiben muss. Gemeint sind vermutlich gesprochene Texte.

8) Vgl. Balmes 2022: 317–318.

erschweren.[9] Das Ziel der folgenden Beobachtungen besteht daher weniger in der Unterscheidung zwischen zitierter und transponierter Figurenrede als in der Untersuchung der Präsentation von Figurenrede auf formale Aspekte, auf die dann eine Interpretation anzusetzen ist.

Zwischen Klassisch-Chinesisch und der frühen *monogatari*-Erzählung

Das *Nihon shoki* 日本書紀, die 720 am Hof eingereichte, erste offizielle Geschichtsschreibung, ist klassisch-chinesisch verschriftet, aber die einzelnen Bände warten mit unterschiedlich starken Unregelmäßigkeiten auf, die in der Forschung als *washū* beschrieben werden, was „japanischer Geruch"（和臭）oder „japanischer „Gebrauch"（和習）bedeutet.[10] Wie die oben erwähnte Aureoleninschrift zeigt, wurde bereits im späteren siebten Jahrhundert mit den Möglichkeiten einer Verschriftung des Altjapanischen experimentiert, um der eigenen Sprache gerechter zu werden, als es das Klassisch-Chinesische vermochte. Außer den Fragen der Syntax ging es dabei vor allem um Höflichkeitssprache sowie den Ausdruck von Tempus und Aspekt. Dennoch findet auch in allen Prosatexten des *Man'yōshū*, wozu Vorwort oder Nachbemerkung, aber auch kürzere Peritexte, wie Titel oder Anmerkung gehören, das Klassisch-Chinesische Verwendung. Ein Beispiel soll das belegen, um es anschließend mit einem Beispiel aus dem *Taketori monogatari* 竹取物語 zu vergleichen, das als Japans erste *monogatari*-Erzählung im *hiragana*-Stil der Heian-Zeit gilt. Zwischen diesen beiden Erzählstilen liegt das, was in der vorliegenden Untersuchung sowie im Rahmen der Materialität

9）Vgl. Wittkamp 2018b: 14–16.
10）Vgl. Wittkamp 2021: 23.

und Medialität der Schrift als „altjapanisch“ verstanden wird.[11)] Das Beispiel aus dem *Man'yōshū* ist ein Vorwort zu einem Langgedicht mit beigefügten Kurzgedichten, worauf als Antwort weitere Kurzgedichte folgen. Die Gedichte werden also im Rahmen einer Kommunikation präsentiert, aber hier soll es nur um das Vorwort gehen, das dem Langgedicht 16: 3791 und den sich anschließenden Kurzgedichten voransteht:

> 昔有老翁 號曰竹取翁也 此翁季春之月 登丘遠望 忽値煮羹之九箇女子也 百嬌無儔 花容無匹 于時娘子等 呼老翁嗤曰 叔父来乎 吹此燭火也 於是翁曰 唯々 漸趍徐行 著接座上 良久娘子等 皆共含咲 相推譲之曰 阿誰呼此翁哉 爾乃竹取翁謝之曰 非慮之外 偶逢神仙 迷惑之心無敢所禁 近狎之罪 希贖以歌 即作歌一首并短歌
>
> *mukashi okina ari / yobina wo Taketori no okina to ifu / kono okina kishun no tsuki ni woka ni nobori tohoku miharukasu / tachimachi ni atsumono wo niru kokonotari no womina ni ahinu / hyaku no kobi ha taguhi naku hana no kaho ha taguhi nashi / koko ni wotome-ra okina wo yobi warahi te ihaku woji kore kono tomoshibi wo fuke to ifu / koko ni okina wowo to ihi te yakuyaku ni omobuki omofuru ni yuki mushiro no uhe ni tsukinu / yaya-hisa ni shi te wotome-ra mina tomo ni wemi wo fufumi ahi-seme te ihaku tare ka kono okina wo yobitsuru to ifu /*

11）„Altjapanisch“ lässt sich linguistisch an einer Veränderung der Aussprachen von Vokalen und Konsonanten oder grammatisch an Formen festmachen, die entweder verschwinden oder wie *sumau*, „wohnen“（aus *suma* + *fu*）, „versteinern“; zu linguistischen Aspekten vgl. Lewin 1975: 8–9, der mit „Nara-Zeit“ jedoch zu sehr einengt. Das wichtigste Merkmal für die Literatur dürfte die Verschriftung mit *kana*-Phonogrammen ab dem späteren neunten Jahrhundert sein, die zur Entfaltung der *monogatari*-Literatur führte. Freilich gibt es auch in politischer Hinsicht Veränderungen, wie die Etablierung einer Hauptstadt in Heian-*kyō*（Kyōto）, die nicht nur lange Bestand haben sollte, sondern auch keine bloße Verwaltungshauptstadt mehr war. Heian-*kyō* war vermutlich die erste „Stadt“, in der sich ein bürgerliches Leben entfalten sollte, das nicht mehr unmittelbar an den Hof und die Verwaltungs- und Dienstarbeiten gebunden war.

sunahachi Taketori no okina kashikomari te ihaku omohazaru hoka ni tamasaka ni shinsen ni ahinu / matofu kokoro ahete todomuru tokoro nashi / chikazuki narenuru tsumi ha kohi-negahaku ha akafu ni uta wo mochi te semu to ifu / sunahachi tsukuru uta isshu *ahasete tanka*

Früher gab es einen alten Mann, und sein Name lautete der Alte Taketori [Bambussammler]. Am Ende des [dritten] Frühlingsmonds [im Spätfrühling] stieg dieser Alte auf einen Berg, um in die Ferne zu schauen. Zufällig stieß er auf neun junge Frauen, die eine heiße Speise zubereiteten. Der Glanz [dieser Frauen] war einzigartig, ihre Gesichter, wie schöne Blumen, ohnegleichen. Da riefen die jungen Frauen nach dem Alten und halb im Scherz war das, was sie sagten: „Alter Mann, komm her! Fach dieses Feuer an!" Daraufhin war das, was der Alte sagte: „Jaja". Er ging blauäugig [hin] und erreichte ihre [ausgelegten] Sitzmatten. Es verging eine kurze Zeit, und während sich die jungen Frauen gegenseitig anlächelten, war das, was sie tadelnd sagten: „Wer hat denn diesen Alten gerufen?" Daraufhin war das, was der Alte Taketori in Verlegenheit entschuldigend sagte: „Ohne auch nur nachzudenken, habe ich euch Unsterbliche zufällig getroffen. Mein besorgt aufgewühltes Herz – nichts, was ich dagegen machen könnte! Meine Schuld, mich so dreist genähert zu haben, sollte es euch genehm sein, lasst sie mich mit einem Gedicht begleichen!" Darauf machte er ein Gedicht mit Kurzgedichten:

Die Lesungen sind dem SNBZ-Kommentar (9: 92–93) entnommen, aber die Interpunktionen aus Originaltext und Umschrift wurden fortgelassen, um ein authentischeres Gefühl für die textuellen Probleme anzudeuten; als Hilfestellung dienen lediglich die Freistellen im Originaltext sowie die Virgel in der Umschrift. Die Kommentare weichen bei der Lesung – sofern sie eine anbieten – im Detail voneinander ab,[12] aber hier soll es nur um die Figurenrede gehen. Es fällt zunächst auf, das im Originaltext als *verbum dicendi* lediglich das Zeichen 曰 steht, das die Kommentare in *ihaku* überführen.[13] Dabei handelt es sich um die sogenannte *ku*-Nominalisierung (*ku-gohō* ク語法), die in der Kombination mit *verba dicendi*, wie sprechen oder sagen, der Figurenrede voransteht und sich wie folgt verstehen lässt: Das ist es, was […] sagte: „…". In der Übersetzung hört sich das ungewohnt an, soll aber im Folgenden in dieser Form beibehalten werden. Die SNBZ-Bearbeiter, Itō Haku (8: 361–362) oder Inaoka Kōji (4: 88) ergänzen am Ende der zitierten Rede *to ifu* といふ, was jedoch nicht notwendig ist. So belassen es Omodaka Hisataka (16: 16–17) oder Aso Mizue (8: 274–275) bei der Zitat-Partikel *to* と ohne Wiederholung eines *verbum dicendi*.[14] Festzuhalten bleiben die folgenden Punkte:

1. Der alte Bambussammler wird in der dritten Person präsentiert und ist somit nicht mit dem Erzähler identisch, der sich im Text nicht zu erkennen gibt.
2. Die Präsentation der Figurenrede erfolgt unisono über das *verbum dicendi* 曰 und ist – im Vergleich zu den folgenden Belegstellen – unspektakulär.
3. Obwohl es nicht notwendig ist, ergänzen manche Kommentare am Ende der Figurenrede *to ifu*.
4. Die Ergänzung von *to* oder *to ifu* mag dem Altjapanischen entsprechen,

12) Das betrifft die Zitate aus der klassisch-chinesischen Literatur, aber auch grundsätzliche Fragen nach Tempus, Aspekt oder Höflichkeitsformen. Während beispielsweise der SNBZ-Kommentar (9: 92), Inaoka (4: 88) oder Aso (8: 274) 昔有老翁 号曰竹取翁也 in *mukashi okina ari yobina wo Taketori no okina to ifu*, also ins sogenannte „historische Präsens" (*rekishi-teki genzai-kei* 歴史的現在形), überführen, entscheidet sich Omodaka (16: 16–17) für den Einleitungssatz für das Präteritum *ariki* 有りき, um die nachfolgenden Sätze aber ebenfalls ins historische Präsens zu überführen.

13) Nicht alle Kommentare transkribieren die chinesischen Peritexte; vgl. SNBT 4: 16–17.

14) Zu *to* vgl. auch Balmes 2022: 316. Lewin (1975: 209) ist „die Ellipse von Verba dicendi nach einem Ausdruck oder Zitat [nicht selten]".

aber wurde der Text überhaupt in dieser Sprache gelesen? Es fällt zumindest auf, dass der alte Bambussammler, den die neun jungen Frauen offenbar vollkommen unterschätzen, sich nach dieser Prosaeinführung nicht nur als geschickter Dichter entpuppt, sondern bereits seine Antwort an die Frauen zeugt von höchster Bildung, da sie in der klassisch-chinesischen Idealform – bekannt aus dem *Shijing* 詩経（jap. *Shikyō*）– aus Blöcken zu jeweils vier Zeichen geschieht. Für die Verschriftung ist zwar der abstrakte Autor verantwortlich, aber zumindest spricht die Figur in einer Form, die sich auf diese Art und Weise verschriften lässt. Joachim Gentz（2007: 244）schreibt zur Bedeutung von „Graphemen" im „Parallelismus in der chinesischen Literatur", dass die „Vergegenwärtigung [der philosophischen Prämisse einer binären Struktur des Kosmos] in schriftlicher Form [...] ein Überzeugungsmoment im Hinblick auf die Wahrheit des Textes" bewirkt. Dieser Aspekt geht bei der Transkription ins Altjapanische verloren.

Zum Vergleich mit dem Vorwort zu 16: 3791 sei die folgende Textstelle zitiert, die als erstes Beispiel in Balmes' Darstellung der direkten Rede in der vormodernen Literatur dient:

> おきないふやう、われあさごと夕ごとにみる竹の中におはするにて、しりぬ。子になり給べき人なめり、とて手に打いれて家え [sic] もちてきぬ。
>
> *Okina iu yō, ware asa-goto yū-goto ni miru take no naka ni owasuru nite, shirinu. Ko ni naritamau beki hito nan meri, tote te ni uchi-irete ie e mochite kinu.*
>
> Da sprach der alte Mann: „Ich habe es erkannt, weil es mitten in dem Bambus war, den ich jeden Morgen und jeden Abend vor mir sehe. Es muß wohl ein Menschlein sein, das mir zum Kinde bestimmt ist." Und

er legte es in seine Hand und trug es nach Hause. (Balmes 2022: 322, gepunktete Unterstreichungen fortgelassen, Übersetzung nach Naumann und Naumann 1990: 45)

Balmes zufolge „besticht" die Textstelle „durch ihre Klarheit" (ebd.). Der wichtigste Unterschied auf der Ebene der Materialität der Schrift ist die Verschriftung mit Hilfe von *hiragana*-Phonogrammen, sodass bei der Lesung nichts mehr ergänzt oder interpretiert werden muss. Jede einzelne Silbe ist ausgeschrieben. So sind auch Anfang und Ende der Figurenrede gekennzeichnet (einfache Unterstreichung), aber weder *iu yō* zur Einleitung der Figurenrede noch *tote* am Ende kommen in der altjapanischen Literatur als Rahmung von Figurenrede vor. Wie Balmes (ebd.) anmerkt, besitzt die Übersetzung kein doppeltes *verbum dicendi*, aber auch der japanische Text präsentiert das zweite Vorkommen nur als Ellipse *tote*,[15)] die das „Verb bloß impliziert" (Balmes ebd. S. 323). Bis auf diese beiden Aspekte kommt die Darstellung der Figurenrede in altjapanischen Texten, die nicht mehr bedingungslos der klassisch-chinesischen Verschriftung folgen, der Literatur der Heian-Zeit schon recht nahe; darum soll es im Folgenden gehen.

Komplexe Figurenrede im *Kojiki*

Das 712 eingereichte *Kojiki* unterscheidet sich in verschiedenen Aspekten vom *Nihon shoki*. Es setzt die Bemühungen der Aureoleninschrift aus dem

---

15) Oda zufolge besteht *tote* aus der Verbindung der Postpositionen *to* und *te*. Die Phrase stehe nach der Präsentation von Figurenrede und leite zur nächsten Handlung über. In seinen Beispielen steht *tote* zum einen für „... *to itte*", „..., sagte er und dann ...", und zum anderen für „... *to omotte*", „... dachte er, und dann ...", also nach Figuren- und Gedankenrede; vgl. Oda 2015: 529–530 mit weiteren Beispielen und anderen Bedeutungen, sowie Lewin 1975: 88.

Hōryūji fort, aber eine direkte Verbindung lässt sich nicht erkennen. Der folgende Ausschnitt stammt aus den *Kojiki*-Mythen und weist einen hohen Grad an Komplexität hinsichtlich der erzählten Kommunikation auf. Es handelt sich um die Erzählung des Haya Susa no Wo no Mikoto, der sich vor seinem Fortgehen von seiner Schwester Amaterasu Ōmikami verabschieden will, die sich oben im Himmel befindet. So steigt er polternd und dröhnend hinauf, und das Schlimmste befürchtend stellt sich ihm die Schwester bewaffnet bis an die Zähne in den Weg, um eine Erklärung einzufordern:

> 爾速須佐之男命答白僕者無邪心唯大御神之命以問賜僕之哭伊佐知流之事故白都良久三字以音僕欲往妣國以哭爾大御神詔汝者不可在此國而神夜良比夜良比賜故以下爲請中將罷往之狀上參上耳無異心爾天照大御神詔 [...] (Text nach SNBZ 1: 56, 58)
>
> Daraufhin antwortete Susa no Wo no Mikoto, und das ist es, was er sprach: „Ich habe keine schmutzige Gesinnung. Nur, die Große hehre Gottheit [Izanaki] geruhte, nach der Sache meines Heulens und ungebärdigen Wehklagens zu fragen. Und das ist das, was ich [ihm] gesagt habe: »Ich weine, weil ich in das Land der Mutter gehen möchte.« Und das ist das, was die Große hehre Gottheit daraufhin befehlend sprach: »Du aber kannst in diesem Land nicht sein!« Und dann geruhte er, mich göttlich gehen- und gehenzulassen. Ich bin daher lediglich heraufgekommen, weil ich [dir] darüber berichten wollte, dass [ich] davongehen werde. Ich habe kein unaufrichtiges Herz.“ Und das ist das, was Amaterasu Ōmikami daraufhin befehlend sprach: „[...]“.

Klassisch-chinesische Texte besitzen verschiedene Mittel zu Erleichterung oder Ermöglichung der Lesung, wie das Einteilen in Gruppen mit bestimmter Zeichenanzahl oder anaphorische Verweise zu Beginn und Ende von

Satzeinheiten, wie hier 爾 („daraufhin"). In dem zitierten Textausschnitt kommt dieses Zeichen allerdings drei Mal vor, sodass sich daran allein nicht das Ende der Figurenrede des Haya Susa no Wo no Mikoto festmachen lässt. Allerdings ist der Beginn durch die eingeschobene Anmerkung 三字以音, „drei Zeichen dem Laut nach", markiert, wie auch nach dem dritten Vorkommen von 爾 klar ist, dass nun Amaterasu Ōmikami „befehlend spricht". Da das, was sie sagt, ebenso wie das, was die „Große hehre Gottheit" sagt, „Befehl" ist beziehungsweise die soziale Ordnung von Oben nach unten kenntlich macht, steht dort als *verbum dicendi* jeweils 詔 *noritamahishiku* (Lesung nach SNBZ 1: 59), mit *nori-tamafu* im Sinn von „befehlend sprechen".

Der Textausschnitt enthält die folgenden *verba dicendi*: 答白 *kotahe te mahoshishiku*, „das, was [er] antwortete und sagte",[16] 問賜 *tohi-tamafu*, „geruhte zu fragen", 白都良久 *mawoshi-tsu-ra-ku*, „das ist das, was ich gesagt habe", 詔 *noritamahishiku*, „das, was er / sie befehlend sprach", mit zwei Vorkommen, und 以爲請 *mowosamu to omohi te*, „ich will dir berichten, und dann …". Da die SNBZ-Bearbeiter, wo Originaltext und Lesungen entnommen wurden (SNBZ 1: 57), die gesamte Erzählerrede ins Präteritum überführen, schlüsseln sie 答白 in *kotahe te mawoshishiku* auf (*mawosu* + *ki* in Attributivform *-shi* zu *-ku*) auf, und ergänzen zwischen 答 und 白 die Postposition *te*.[17] Zudem fügen sie – wie auch Kurano (1971: 75) – am Ende der zitierten Rede jeweils die Zitat-Partikel *to* sowie ein *verbum dicendi* bei, das identisch mit dem nominalisierten *verbum dicendi* vor der zitierten Rede ist, wie *noritamahishiku*: „…" *to noritamahiki* (Präteritum) oder *mawoshishiku*: „…" *to mawoshiki* (Präteritum). Die Verdoppelung von *verba*

16) Im *Nihon shoki* lautet die Formulierung 答曰, mit gleicher Bedeutung; zu einem Beispiel einer vergleichbar komplexen Kommunikation mit verschachtelter zitierter direkter Rede in *Nihon shoki* vgl. SNBZ 4: 230.

17) Zu dieser ergänzenden Lesung siehe unten, Anmerkung 48. Die grammatische Terminologie in der vorliegenden Arbeit stammt aus Lewin 1975.

dicendi vor direkter Figurenrede kommt im *Kojiki* – aber auch im *Nihon shoki* – in verschiedenen Formen vor, wie 白言 *mawoshi te ihishiku*, „sprach und sagte“ (SNBZ 1: 67) etc. Vermutlich dient das der Herausstellung von Figurenrede, aber es verlangt der Leserschaft bisweilen eine gewisse Übung ab, das Ende der Rede zu erkennen.[18]

In dem zitierten Ausschnitt folgt nach 答白 die direkte Figurenrede des Haya Susa no Wo no Mikoto, der sich darin selbst zitiert, was logo-phonographisch – also optisch hervorgehoben[19] – durch 白 都良久 *mawoshi-tsu-ra-ku* eingeleitet wird. Die erwähnte Anmerkung bezieht sich auf die drei Lautzeichen und gewährleistet die korrekte Lesung des Textes. Es liegt somit eine direkte Figurenrede in direkter Figurenrede vor, und selbstverständlich ist die phonographische Verschriftung von *-tsu-ra-ku* von Bedeutung. Denn das Hilfsverb *-tsu* dient hier weniger der Kennzeichnung des perfektiven Aspekts, als der „ausdrücklichen Konstatierung eines Tatbestandes“.[20] Die Phonogramme dienen der Charakterisierung des Sprechers und heben die besondere Situation der zitiert-zitierten Rede hervor; vermutlich ist Steigerung der Lebhaftigkeit oder sogar Humor im Spiel.[21] Haya Susa no Wo zitiert aber nicht nur sich selbst, sondern auch seinen Vater Izanaki no Ōmikami. Die SNBZ-Bearbeiter (ebd.) überführen 詔 in *noritamahishiku*, „das ist das,

18) Wenn sich im *Kojiki* der Beginn der Erzählerrede nicht aus dem Kontext erschließt, erfolgt nach der zitierten Rede die Rückführung zur Erzählerrede oft über 爾 *ni*, 故 *yuhe* (*ni*) und andere Einleitungs- und Übergangspartikel, oder das Ende wird durch eine Anmerkung zur Aussprache etc. markiert.

19) Auch die Hervorhebung liegt nicht in der Kompetenz des Erzählers, sondern erfolgt in Wolf Schmids „idealgenetischem Modell der narrativen Ebene“ auf der vierten Ebene der Präsentation der Erzählung; vgl. Schmid 2008: 254. Angesichts der Medialität und der Materialität ist dafür aber nicht, wie in Schmids Modell, der Erzähler zuständig, sondern der abstrakte Autor.

20) Vgl. Lewin 1975: 167 und zu einem anderen Beispiel aus dem *Kojiki* Wittkamp 2018a: 400.

21) Zur weiteren Erklärung und zu einem markanten Fehler der jüngsten *Kojiki*-Übersetzung ins Deutsche vgl. Wittkamp 2018a: 337–338.

was [er] befehlend sprach“, und ergänzen nach der Figurenrede *noritamahi te* (而). Das Einklammern der zitierten Figurenrede mit *verba dicendi* ist wie gesehen nichts Ungewöhnliches, und die Präsentation der zitierten Figurenrede mit …詔 „XYZ“ 而 für *te* rechtfertigt die ergänzte Lesung durchaus, da 而 ansonsten keinen Sinn ergibt. Zu beachten sind auch hier die möglichen Effekte auf die Distanz der zitierten Figuren, bei der in der vorliegenden Verschriftung eindeutig mehr Gewicht auf die zitierte Rede des Susa no Wo gelegt wird.[22)]

Den Textteil 唯大御神之命以問賜僕之哭伊佐知流之事故 lesen die SNBZ-Bearbeiter (ebd.) wie folgt: *tadashi, Ōmikami no Mikoto mochite, yatsukare ga naki-i-sa-chi-ru koto wo tohi-tamafu ga yuhe ni*, „Nur, die Große hehre Gottheit [Izanaki] geruhte, nach der Sache meines Heulens und ungebärdigen Wehklagens zu fragen“. Die Lesungen von Kurano Kenji (1971: 75) weichen zwar in Details, wie Höflichkeits- oder Aspektformen oder der Interpunktion ab, aber auch er setzt das *verbum dicendi* (*wo tohi-tamahe-ri*, imperfektiver Aspekt) nach der zitierten Rede. Zwar steht im Text in klassisch-chinesischer Syntax das *verbum dicendi* vor der zitierten Rede, aber den Gebrauch von 賜 in der Verschriftung 問賜 *tohi-tamafu* gibt es in klassisch-chinesischen Texten nicht. Die Zeichenkombination weist auf eine altjapanische Formulierung und damit auf eine beim Lesen umzustellende Syntax hin: ... *koto wo tohi-tamafu*. Auch hier steht somit das gelesene *verbum dicendi* – nicht die Schriftzeichen! – hinter der zitierten Rede, wobei diese Präsentation der Figurenrede nicht mit der Zitat-Partikel *to*, sondern in der Form *wo* (Objektmarkierung) + *verbum dicendi* erscheint. Da sich aus dem Redeinhalt selbst keine Hinweise auf zitierte oder transponierte Rede

---

22) Unter „Distanz“ ist im Folgenden zunächst die „Distanz des Lesers zum erdichteten Vorgang“ gemeint, wie Eberhard Lämmert (zitiert nach Balmes 2022: 136) es beschreibt, aber der „erdichtete Vorgang“ ist wohl besser als die erzählte Welt zu verstehen.

ausmachen lassen, wurde zur Differenzierung mit indirekter Rede übersetzt. Zu bedenken ist bei der Entscheidung schließlich auch, dass bei dem vorangehenden Gespräch des Haya Susa no Wo no Mikoto mit seinem Vater Izanaki Ōmikami dieser in direkter Figurenrede zitiert wird. Der vorangehende Dialog lautet wie folgt:

> 故伊邪那岐大御神詔速須佐之男命 何由以汝不治所事依之國而哭伊佐知流 爾答白 僕者欲罷妣國根之堅洲國故哭 爾伊邪那岐大御神大忿怒詔然者汝不可住此國。(Text nach SNBZ 1: 54)
>
> Da [wandte sich] Izanaki no Ōmikami [an] Haya Susa no Wo no Mikoto, und das ist, was er befehlend fragte: „Aus welchem Grunde regierst du das dir zugewiesene Land nicht und weinst und heulst stattdessen (而) herum?“ Daraufhin war das, was [er] antwortete: „Ich weine, weil ich ins Land [der] Mutter[23], das Land Ne no Katasu Kuni[24], ziehen möchte.“ Daraufhin wurde Izanaki no Ōmikami sehr wütend, und das ist, was er befehlend sprach: „Wenn das so ist, kannst du nicht in diesem Land wohnen.“

Beim Zitieren des Izanaki ersetzt Haya Susa no Wo 住, „wohnen“, durch 在, „sein, sich aufhalten“. Es ist somit nicht genau das, was Izanaki sagte. Allerdings tauscht er auch 罷 *makaru* gegen 往, aber während 往 *yuku* ein neutraler Ausdruck für „gehen“ ist, besitzt 罷 die Bedeutungen von erstens „sich zurückziehen“, zweitens „in die Ferne gehen“ und drittens „sterben“. Wie Omodaka weiterhin erläutert, besitzt das Wort auch die passive Komponente von „fortgeschickt, entsandt werden“.[25] Es ist somit durchaus

---

23) Anders als im *Nihon shoki* hat Susa no Wo im *Kojiki* keine Mutter.

24) Zu diesem Land vgl. Wittkamp 2018a: 201–206.

25) Vgl. Omodaka 1983: 667 (Eintrag *makaru*), S. 779 (Eintrag *yuku*).

denkbar, dass Haya Susa no Wo no Mikoto seinem Vater gegenüber einen anderen Ausdruck wählt als seine Schwester gegenüber. Wichtig ist die Fortlassung von 然者, „wenn das so ist“, da sich diese diese Formulierung kaum als indirekte Rede wiedergeben lässt. Das Beispiel belegt somit eine komplexe Form der Präsentation von Figurenrede, und besonders der Gebrauch der Phonogramme *tsuraku* zeigt, dass die Verschriftung durchaus reflektiert wurde.

Figurenrede in den Gedichttexten des *Man'yōshū*

Das nächste Beispiel einer erzählten Kommunikation stammt aus dem zweiten *Man'yōshū*-Band. Das besondere Merkmal der ersten beiden Bände der Sammlung sind die Kapitelüberschriften (*hyōmoku* 標目), welche Informationen zur Lage des Herrscherhofes sowie die Angabe der dort „das Reich Unterm Himmel beherrschenden Generation“ besitzen, zu denen später die konkreten Tennō-Namen ergänzt wurden. Da jeder Hof nur einen Tennō repräsentiert, geben die Ortsangaben zugleich auch eine Vorstellung der betreffenden Zeit. Unter dem Einflussbereich dieser Kapitelüberschriften werden zu allen Gedichten Titel gegeben, welche die Gedichte als besondere Ereignisse der jeweiligen „Raum-Zeit“ zu erkennen geben. Diese Titel wiederum enthalten in der Regel die Angabe „Zu der Zeit, als …“ (… 時), sodass die Verbindung der Kapitelüberschriften mit den Gedichttiteln eine Kommunikationssituation erzeugt, welche das Gedicht als „Erzählung“, und die darin erzählte Figur – falls diese auf den Namen des Dichters oder der Dichterin verweist – als das erzählte Ich präsentiert.[26]

Diese Form der lyrischen Erzählung ist besonders in den Langgedichten

---

26) Das soll an anderer Stelle genauer dargestellt werden.

zu erkennen, die sich durch narrative Strukturen auszeichnen, was das folgende Beispiel ebenfalls belegt. 2: 230 und die darauf folgenden Kurzgedichte 2: 231 bis 233 schließen die Abteilung der *banka*-Trauerdichtung（挽歌）und damit den zweiten Band ab. Die Gedichte sind dem Tod von Tenji Tennōs 天智天皇（626 bis 671）siebten Sohn Shiki no Miko 志貴皇子（gest. 715 oder 716）angedacht, über dessen Sohn Kōnin Tennō 光仁天皇（709 bis 787）im Jahr 770 – einhundert Jahre nach Tenjis Tod – die Tenji-Linie wiederhergestellt wurde. Dem Gedichttitel zufolge starb Shiki no Miko im Jahr 霊亀元年 Reiki *gannen*（715）, aber im *Shoku nihongi* 續日本紀, der 797 eingereichten zweiten offiziellen Geschichtsschreibung, ist sein Tod im Eintrag zum elften Tag im 8. Monat, Reiki 2. Jahr（716）verzeichnet, also ein Jahr später.[27] Im selben Eintrag heißt es auch, dass er im Jahr Hōki *gannen* 寳亀元年（770）den Ehrentitel „Tennō vom erlauchten Palast Kasuga no Miya"（御春日宮天皇）erhielt（SNBT 13: 16, 18）; „Kasuga" lautet der Name eines nicht allzu hohen Berges im Südosten der Stadt Nara sowie allgemein der Region mit ihren Hügeln, die auch in den folgenden Gedichten genannt werden. In dem Eintrag zum sechsten Tag im 11. Monat 770 steht, dass Shiki per Dekret（詔 *mikotonori*）nachträglich zum Tennō erklärt wurde（SNBT 15: 322）, und der Eintrag vom achtundzwanzigsten Tag im 5. Monat des nächsten Jahres besagt, dass dem Tahara no Sumeramikoto 田原天皇（Tennō）, wie ein Name des verstorbenen Shiki lautet, für den neunten Tag im 8. Monat im Tempel Kawaharadera ein Gedenktag einzurichten ist.[28] Somit ist es sehr wahrscheinlich, dass auch die folgenden Gedichte in dieser Zeit in den zweiten Band eingefügt wurden, aber

---

27）Zu den Theorien bezüglich der Abweichungen vgl. Kuramochi 2000: 22–25, Aso 1: 557–558.

28）Vgl. SNBT 15: 344. In Tahara-*mura*（Stadt Nara）liegt die Grabanlage von Shiki no Miko（Takeda 3: 632）, und „Tahara" ist ein anderer Name für „Shiki".

die in der Anmerkung nach dem zweiten Kurzgedicht (2: 232) angegebene Sammlung verweist auf einen Dichter, dessen Hauptschaffenszeit in den 730er und 740er Jahren lag. Die Sammlung muss also mehrere Jahrzehnte in Verwahrung gewesen sein, und da die letzten beiden Gedichte wiederum einem „anderen Buch“ entnommen wurden, ergibt sich das Bild von verschiedenen Sammlungen, die im achten Jahrhundert noch existierten. Im Gegensatz zu dem oben diskutierten Beispiel aus dem *Man'yōshū* handelt es sich beim folgenden Beleg nicht um einen Ausschnitt, sondern das gesamte Langgedicht präsentiert eine Kommunikationssituation auf der Ebene der erzählten Figuren, an die sich dann Kurzgedichte anschließen. Diese gehören nicht mehr zum Dialog und sind eher als Anschlusskommunikation zu verstehen. Für den Nachvollzug soll dennoch die gesamte Sequenz dargestellt und übersetzt werden.

靈龜元年歲次乙卯秋九月志貴親王薨
時作歌一首并短歌
梓弓 手取持而 大夫之 得物矢手挾 立向
高圓山爾 春野焼 野火登見左右 燎火乎
何如問者 玉桙之 道來人乃 泣涙小雨爾落
者 白妙之 衣埿漬而 立留 吾爾語久 何鴨
本名唁 聞者 泣耳師所哭 語者 心曽痛 天
皇之 神之御子之 御駕之 手火之光曽 幾
許照而有
短歌
高圓之 野邊乃秋芽子 徒 開香将散 見人
無爾
御笠山 野邊徃道者 己伎太雲 繁荒有可
久爾有勿國
右歌笠朝臣金村歌集出
或本歌曰
高圓之 野邊乃秋芽子 勿散禰 君之形見爾
見管思奴播武
三笠山 野邊従遊久道 己伎太久母 荒爾計
類鴨 久爾有名國

azusa-yumi / te ni tori-mochi te / masurawo no / satsu-ya ta-basami / (5)

tachi-mukafu[29] / *Takamatoyama ni* / *haru-no yaku* / *no-bi to miru made* / *moyuru hi wo* / *ika ni to tohe ba* / *tama-hoko no* / *michi kuru hito no* / *naku namida* / *kosame*[30] *ni fure ba*[31] / *shiro-tahe no* / *koromo hizuchi te* / *tachi-tomari* / *ware ni katara-ku* / *nanishi kamo* / *moto-na toburafu*[32] / *kike ba* / *ne nomi shi nakayu* // *katare ba* / *kokoro so* (*zo*) *itaki* / *sumeroki no* / *kami no mi-ko no* / *idemashi no* / *ta-hi no hikari so* / *ko-ko da teritaru*

Im Jahr Reiki *gannen* [715], der 9. Monat im Herbst des Jahres Itsubo, zur Zeit des erlauchten Ablebens von Shiki no Miko angefertigt, ein Gedicht mit Kurzgedichten

Den *azusa*-Bogen / Mit der Hand gegriffen, und dann / Der stattliche Mann [hat den] / Pfeil zwischen die Finger geklemmt und / Steht [Dem Ziel *mato*] gegenüber [dort,] / Am Berg Hoch-Ziel (Takamatoyama) / [Als ob] die Frühlingsfelder brennen / [Wie die] Frühlingsfeuer sieht es beinahe aus / Die auflodernden Flammen – / Was das denn sei, als [ich] so fragte / [Einen] Juwelenspeer- / Weg daherkommenden Menschen / [Da seine] geweinten Tränen / Wie leichter Regen herunterfielen /

29) Vovin (2020: 267) steht mit seiner Interpretation der Verse 3, 5 und 6 allein dar: „(6) on Takamatô mountain, (3/5) where noble men stand facing each other". In seiner Lesung stehen sich die Männer in der Schlacht gegenüber, aber damit geht nicht nur das – nicht erkannte, obwohl in jedem Kommentar erwähnte – Wortspiel mit *mato*, „Ziel", verloren, was auf die Jagd verweist – was Vovin (ebd.) zu „*satsu-ya*" selbst erläutert –, sondern das Gebiet selbst wird zum Kriegsschauplatz. Zwar sind die Schluss- und Attributivformen von *mukafu* identisch, aber die Grammatik insgesamt lässt Vovins Interpretation nicht zu.

30) Die Originalschriftzeichen wurden durch gleichbedeutende Schriftzeichen ersetzt, da sie im gewählten Font nicht darstellbar sind.

31) Takeda (3: 631) oder Aso (1: 553) lesen auf der Grundlage von Abschriften, in denen nur 落 steht, [*kosame ni*] *furi*; im Nishi-Honganji-*bon* 西本願寺本 steht 落者 *fure ba*. Omodaka (2: 517) folgt der Verschriftung mit 落, liest aber dennoch *fure ba*.

32) In Takedas (3: 631) Textgrundlage steht das Zeichen 言, und er liest den Vers *moto-na ifu*; zu den verschiedenen Abschriften und Lesungen siehe ebd. S. 631–632.

Das *shirotahe*-weiße / Gewand ganz durchnässt, und dann / Blieb er stehen, und / Das war es, was er mir erzählte: / „Wie nur, ach, und so / (20) leichtfertig, fragst du das? / Wenn ich das höre, / Kann ich nur laut schluchzend weinen / Wenn ich davon erzähle / Das Herz, Ach! Es schmerzt / (25) Des Herrschers [Tenji] / [zur] Gottheit [gewordener] erlauchter Sohn / Der [zum] erlauchten Abschiedsgang / Hand-Feuer [Fackeln], ihr Leuchten! / So zahlreich scheinen sie!“

tanka-Kurzgedichte:

Takamato no	An des Takamato
no-he no aki-ha-gi	Hängen, die Herbst-*hagi*-Blüten
itazura ni	Wohl vergeblich
saki ka chiruramu	Blühen sie? Fallen gar schon
miru hito nashi ni	Ohne jemanden, der sie sieht?[33] (2: 231)

Mikasayama	Mikasayama
no-he yuku michi ha	Der Weg an seinen Hängen
ko-ki-da-ku mo	Ist er schon so sehr[34]
shigeku aretaru ka	Zugewachsen und verwildert?
hisa ni ara-na-kuni	So lang ist’s doch gar nicht her! (2: 232)

Die rechtsstehenden *uta*-Gedichte stammen aus der Sammlung des Kasa *no asomi* Kanamura.

---

33) Vovin (2020: 268) übersetzt „(4) would [you] bloom and fall (3) in vain, (5) because there ist no one to look [at you]?“ Der kausale Zusammenhang geht aus dem Text nicht hervor, aber die letzten beiden Verse stehen in einer Inversion (Omodaka 2: 524). Die „sehenden Leute“ (*miru hito*) „sind der verstorbene Prinz“ (SNBT 1: 168)– und seine An- und Zugehörigen, wäre zu ergänzen.

34) Der SNBZ-Kommentar (6: 147) erläutert *kokidaku* als „demonstratives (deiktisches) Adverb, das auf den Sprecher bezogen ist“ (*kinshō shiji no fukushi* 近称指示の副詞); Omodaka (2: 525) erläutert als *hanahadashiku* 甚しく, „ungewöhnlich viel“.

In einem gewissen Buch heißt es:

Takamato no	An des Takamato
no-he no aki-ha-gi	Hängen, die Herbst-*hagi*-Blüten
na chiri-sone	Fallt mir nicht herab!
kimi ga kata-mi ni	Als ein Andenken für Dich
mi tsutsu shi-nu-ha-mu	Will ich schauend mich erinnern (2: 233)

Mikasayama	Mikasayama
no-he yu yu-ku michi	Der Weg durch seine Hänge
ko-ki-da-ku mo	Ist er schon so sehr
are-ni-ke-ru kamo	Verwildert? Kann doch nicht sein!
hisa ni ara-na-kuni	So lang ist's doch gar nicht her! (2: 234)

Das Langgedicht 2: 230 ist in den beiden ersten Bänden der Sammlung der einzige Beleg, in dem das Erzählen durch das Wort *kataru*, „erzählen, berichten", auf die reflexive Ebene gehoben wird.[35] Fujii Sadakazu (1992: 351) stellt zunächst fest, dass es zu den „Stücken" (*mono*) gehört, in denen der Inhalt von *kataru* konkret geschildert werde. Das Wort verweist also nicht nur auf die Tätigkeit, sondern es gibt eine zitierte Figurenrede, welcher 語久 *katara-ku*, die *ku*-Nominalisierung von *kataru*, voransteht.[36] Fujii beschreibt

35) Zu den verschiedenen Verbformen von *kataru* vgl. Omodaka 1977: 68 und Fujii 1992: 345–350, der die Belege in längeren Textausschnitten präsentiert. Das Kompositum *katara-ku* ist im *Man'yōshū* mit fünf Belegen vertreten; vgl. Omodaka ebd., SNBT 1: 478. Die SNBT-Bearbeiter (ebd., 2: 362) erläutern als „Methode zur altjapanischen Lesung chinesischer Texte (*kanbun kundoku no hōhō* 漢文訓読の方法)". Soll das bedeuten, dass *-ku* vor Figurenrede über diese „Methode" ins Altjapanische einzog?

36) Aso (1: 559) erläutert *katara-ku* als Attributivform + *-aku* (*kataru-aku* → *kataraku*) zur Bildung unflektierbarer Wörter (*taigen* 体言), aber *-aku* folgt bei vierstufigen Verben auf die Indefinitform (*mizenkei*). Lewin (1975: 8) weist auf die „spezielle Form der Nominalisierung (*-ku*)" fürs Altjapanische hin, handelt diese aber nicht ab. Die Erläuterungen zu *-ku*, *-raku* und *-aku* gehen ineinander über, aber der Effekt der Nominalisierung ist gleich.

diese Form als „Bericht / Wissenlassen der Ereignisse (*dekigoto no hōchi* 出来事の報知)" beziehungsweise den auf *katara-ku* folgenden Inhalt der Figurenrede als „Informationen an die Person, die nicht am Ort der Ereignisse war", und sieht den Beleg in 2: 230 als ein Beispiel für ein „*kataru*, das Nichtanwesenheit am Ereignisort besitzt (*higenjō-sei o yū-suru* »*kataru*« 非現場性を有する「語る」)". Folge wie in diesem Gedicht *kataru* auf eine Frage, sei das Wort weniger als „antworten" zu verstehen, sondern als „Erklärung der Ereignisse" (S. 352). Es ist also nicht als das Erzählen gemeinsamer Erlebnisse zu verstehen, wie es etwa beim „konversationellen Erinnern" und *memory talk* der Fall ist.[37)]

Fujii (ebd.) erläutert die *ku*-Nominalisierung von *kataru* weiterhin als „Hinführung zum Gesprächstext (*kaiwa-bun* 会話文)", was aber nichts über den Modus der Erzählung von Figurenrede und -gedanken aussagt, bei denen die westliche Narratologie wie gesehen von der bloßen Erwähnung des sprachlichen Akts über die indirekte, erlebte und direkte Rede bis zur autonomen direkten Figurenrede eine „Abnahme an Mittelbarkeit" vernimmt.[38)] Vermutlich ist der Beschreibungsapparat westlicher Erzähltheorie nicht ohne Modifizierungen auf die altjapanische Literatur zu übertragen, was geklärt werden müsste, aber das vorliegende Langgedicht dürfte dafür weiterführende Hinweise geben. Es besitzt nämlich nicht nur zwei Belege für *kataru*, sondern mit 問者 *tohe ba*, „als ich das fragte", in Vers 10 noch ein weiteres *verbum dicendi*, das sich auf den vorangehenden Vers, wenn nicht sogar alle neun vorangehenden Verse bezieht. Im ersten Fall wären die ersten acht Verse als Präsentation von Gedankenrede zu verstehen, im zweiten Fall

---

37) Vgl. Erll 2005: 86.

38) Vgl. Martínez und Scheffel 2016: 66. In ihrer Klassifikation von Figurenrede unterscheiden Köppe und Kindt (2014: 199–200) bei zunehmendem „Grad der Distanz" die wörtliche, erlebte und indirekte Rede sowie den Redebericht.

wäre es eine umständliche, merkwürdige, aber doch irgendwie fröhliche Frage. In den einleitenden Versen fällt über ein Wortspiel das anvisierte Ziel (*mato*) des Bogenschützen mit dem zweiten Namensbestandteil von „Takamato-yama" zusammen, was Takeda (3: 632), Inaoka (1: 149) oder Aso (1: 559) als gedichtinternes Vorwort (*jo-kotoba*) zum Berg beschreiben. Der Berg befindet sich im Südosten der heutigen Stadt Nara, südlich des Tempels Tōdaiji, zirka drei Kilometer von der Hofanlage von Heijō-*kyō* (Nara) entfernt.

Weiterhin enthält die Antwort des auf dem Weg entgegen- oder daherkommenden Menschen (道來人乃 *michi kuru hito no*)[39] das Wort 問 *toburafu*, hier in der Bedeutung von „sich erkundigen", wohl aber – auf der textuellen Ebene – konnotiert mit „Beileid bezeugen" (Schriftzeichen und Lesung nach SNBZ 6: 152), sowie mit 語者 *katare ba* den zweiten Beleg für *kataru* und – zur Steigerung der Komplexität des Kommunikationsthemas – mit 聞者 *kike ba*, „wenn ich das höre", auch eine Phrase, die den Verben des Sprechens entgegenkommt. Die Reihenfolge in der Antwort des Gefragten ist *kike ba … katare ba …*, und über die Grammatik baut sich eine Parallelität auf: *kike ba ne nomi shi nakayu // katare ba kokoro so itaki*. Die beiden *verba dicendi* sind aber nicht nur grammatisch über *ba* markiert, sondern bilden eigenständige, aber in der Silbenzahl unvollständige Verse.

Es fällt zudem auf, dass die Rede der angesprochenen Figur somit zwar verschiedene *verba dicendi* beinhaltet, selbst aber nicht durch eine betreffende Kennzeichnung abgeschlossen wird. Das impliziert die Zugehörigkeit der beiden folgenden Kurzgedichte zur Figurenrede, dass also der Angesprochene die Gedichte gewissermaßen *ad hoc* verfasst. Thematisch geben die beiden

39) Inaoka (1: 149) weist auf die große Anzahl an Trauernden hin, die einen „Prinzen im zweiten Rang (*nihon no ōji* 二品の皇子) zu seiner letzten Reise begleiten mussten". Dafür spricht auch die weiße Kleidung des angesprochenen „Menschen".

Kurzgedichte allerdings helleres Tageslicht vor, und auch passen sie kaum zur Trauer des Angesprochenen, dem bereits das Antworten schwerfällt. Letzte Zweifel räumen die beigefügten Kurzgedichte „aus einem anderen Buch" aus, die inhaltlich Bezugspunkte zu den vorangehenden Kurzgedichten aufweisen, sodass der Angesprochene nicht für sie zuständig sein kann. Es ist vielmehr davon auszugehen, dass am Ende einer Figurenrede weder *verbum dicendi* noch Zitat-Partikel *to* notwendig sind, solange der Text selbst für Klarheit sorgt. Das ist als weiterer Hinweis auf die Kommunikation als Thema zu werten und soll nochmals zu den Eröffnungsversen zurückführen.

Unklar ist wie gesehen der Umfang der Frage 何如問者 *nani ka to tohe ba* im zehnten Vers.[40] Die SNBT-Bearbeiter（1: 167）übersetzen mit … *o, are ha dōshita no da to tazuneru to* … を、あれはどうしたのだと尋ねると. Wie die SNBZ-Bearbeiter（6: 152）ergänzen sie somit *are ha*, „jenes, dort", wodurch das zuvor stehende Zeichen 乎 *wo* zwar den Bezug zeigt, aber nicht mehr zum Inhalt der Frage selbst zu gehören scheint. Liest man jedoch … 乎何如 … *wo nani ka*, lässt sich *nani ka* in direktem Bezug zu dem vor 乎 *wo* Dargestellten verstehen. So übersetzt Inaoka（ebd.）mit … *o, dō iu hi ka to tazuneru to* … を、どういう火かと尋ねると, „als ich mich [zu jenem Feuer] erkundigte, was für ein Feuer das sei"（vgl. auch Omodaka 2: 518, Aso 1: 554）. In diesem Sinn übersetzt auch Takeda（3: 632）, der allerdings die Struktur des Langgedichts „ohne Abschnitte" als „das ganze Stück ein Satz（*zenpen ichibun* 全篇一文）" liest. Sollte die Kommunikation tatsächlich ein Thema des Gedichts sein, verdichteten sich die Hinweise darauf, die gesamten neun Einleitungsverse als Inhalt der Figurenrede verstehen zu

---

40）Der SNBZ-Kommentar（6: 152）liest 何如 *nani ka*, aber Aso（1: 559, mit weiteren Beispielen）liest *ika ni* und weist darauf hin, dass das Feuer selbst bekannt ist（auch Takeda, 3: 632, liest *ika ni*）. Nicht bekannt sei dagegen die Bedeutung des Feuers, wonach mit *ika ni*, etwa: „Was für ein Feuer ist das?", gefragt werde. Diese Auslegung bezieht sich auch auf den Umfang der Frage selbst.

können.

Dann kann man sich aber schon fragen, wer einem des Weges daher- oder entgegenkommenden Menschen eine so umständliche Frage stellt, zumal diese ein Wortspiel mit dem Frühling enthält, die Jahreszeit im Titel aber eigens als Herbst angegeben ist. Und wer am Hof – woanders dürft es kaum Schriftkundige gegeben haben – sollte denn vom Tod des Shiki no Miko nichts gewusst haben?[41)] Bringen die beigefügten Kurzgedichte doch „die schmerzlichen Gedanken über den Tod des Prinzen mit traurigem Betrübtsein zum Ausdruck“! Das Zitat stammt von Aso Mizue（1: 556）, die in diesem Ausdruck das „wahre Gefühl des Autors“ eingeschrieben sieht, aber die Frage des erzählten Ich im Langgedicht wirkt künstlich überladen und merkwürdig. Eine bloße Frage wie „Was ist das?“ würde jedoch den Bezug unklar lassen, und die Antwort darauf wäre die Gegenfrage „Was ist was?“. So übersetzt Alexander Vovin（2020: 267）in direkter Figurenrede: „（10）When [I] asked: »What is it?«“. Auch übersetzt er *miru made ni* in Vers 8 mit „which [I] mistook for field fires“, was in verschiedener Hinsicht nicht korrekt ist. Denn „mistook“ steht nicht im Text, wie es auch keine Vergangenheitsform gibt. Spricht doch gerade die zeitlich nicht gekennzeichnete Form *miru*, „sehen“, dafür, dass die Verse zum Inhalt der Frage gehören, in der auch kein „I“ ergänzt werden muss. Da zudem keinerlei Anzeichen für einem Wechsel von zitierter Gedankenrede zu zitierter Rede zu erkennen sind, lassen sich die ersten neun Verse als Inhalt von 問者 *tohe ba*, „als ich das fragte“, auffassen,

41）Zu diesem „Autor, der vorgibt, nichts zu wissen“（知らないたてまえの作者 *shiranai tatemae no sakusha*）, und dem Stand der Forschung vgl. Kuramochi 2000: 28–30. Die japanische Diskussion kränkelt allerdings an dem Fehlen der Instanz des Erzählers. So wird als Neuheit darauf hingewiesen, dass zwar einzelne Elemente, Szenen und Bräuche des Langgedichts bereits in der vorangehenden Dichtung vorhanden sind, dass also beispielsweise die Frage-Antwort-Form bekannt war, dort jedoch der „Autor“ für beide Beiträge verantwortlich ist. Im Gegensatz dazu sei in 2: 230 der Autor der Fragende, dem durch einen Fremden vom Tod des Prinzen berichtet werde. Hier zeigt sich, dass der Autor und das erzählte Ich nicht identisch sein können, denn der Autor wusste selbstverständlich Bescheid.

aber dieses *verbum dicendi* unterscheidet sich syntaktisch in der Verwendung von der Phrase 語久 *katara-ku*, die dem Bericht des Antwortenden voransteht. Denn 問者 steht hinter der zitierten Rede und besitzt daher auch keine *ku*-Nominalisierung, die mit der Postposition *ba*, „da, als“, ehedem nicht möglich ist. Die zitierte Rede stammt von einer Figur, die sich in Vers 18 als „ich“ (*are* 吾) beziehungsweise „mir“ (*are ni*) zu erkennen gibt.

Der neunte Vers endet mit der Partikel 乎 *wo*, die den Inhalt von 何如問者 *nani ka to tohe ba* im zehnten Vers zum Objekt macht: „XYZ – was das ist, als / da ich das fragte“. Takeda (3: 631), Omodaka (2: 517) und die jüngeren Kommentare ergänzen in der Lesung die Zitat-Partikel *to*, was zum einen die korrekte Silbenzahl garantiert, zum anderen im Rahmen einer Satzstruktur aber wohl auch grammatisch notwendig ist. So heißt es in den Versen 28 bis 31 in Gedicht 1: 29 von Kakinomoto no Hitomaro 柿本人麻呂 zur verfallenen Hofanlage Ōmi no Ōtsu no Miya 近江大津宮 am Biwasee:

> 大宮者 此間等雖聞 大殿者 此間等雖云
> *oho-miya ha / ko-ko to kike do mo // oho-tono ha / ko-ko to ihe do mo*
> „Der Großpalast / – hier“, so hören wir, und doch // „Die Große Halle / – hier“, so sagt man, und doch“[42)]

In diesen Versen zitiert das erzählte Ich einen Ortskundigen und gibt dessen Erklärungen in einer Form wieder, die in der Übersetzung angesichts der Kürze die indirekte Rede nahelegt. Allerdings sträuben sich dagegen die deiktischen Verweise *koko*, „hier“, da in indirekter Rede der räumliche Bezug nicht mehr eindeutig ist. Ein weiteres Beispiel geben die ersten beiden Verse von Kurzgedicht 2: 140, die sich auf die tröstenden Worte eines zur Reise

42) Vgl. Wittkamp 2022.

aufbrechenden Mannes beziehen:

勿念跡 君者雖言

na omohi to / kimi ha ihe domo

„Denk nicht daran", so / sagst du zu mir, und doch

Die Empfängerin des Ratschlags zitiert entweder die Rede jener Figur, die mit *kimi*, „du", im Rahmen einer gedichtinternen Kommunikation angesprochen wird, oder *na omohi to*, die zitierte Rede der *kimi*-Figur, ist eine Erinnerung und das gesamte Gedicht als Präsentation von Gedankenrede zu verstehen. Omodaka（1983: 486–487）zufolge wird der durch die Zitat-Partikeln *to*（hier: 等 oder 跡）gekennzeichnete Inhalt eines Zitates mitunter „vollständig zitiert", und in dieser Variante sieht er „eine Nähe zur sogenannten direkten Rede（*chokusetsu wahō* 直接話法)". In beiden Gedichten dürfte jedoch deutlich sein, dass die Rede der zitierten Figuren wesentlich länger war. Dennoch können beide Beispiele eindeutig nicht dem „Gesprächsbericht" – in der Terminologie nach Martínez und Scheffel（ebd. S. 66）– zugeordnet werden.

Ein Beispiel für einen solchen Gesprächsbericht enthalten allerdings die letzten beiden Verse des Kurzgedichts 11: 2719, in denen es in einer Inversion wie folgt heißt:

人爾語都 可忌物乎

hito ni katari-tsu / imu-beki mono wo

Hab's jemandem erzählt / das, was hätte verschwiegen werden sollen[43)]

43）Zu weiteren Beispielen vgl. Fujii 1992: 352–353.

Auch hier verweist die Objektmarkierung *wo* auf den Inhalt der Figurenrede. Freilich deuten die Einordnung des Gedichts in den elften Band mit *sōmon*-Antwortdichtung sowie die vorangehenden Verse an, was nicht erzählt werden sollte, aber ein konkreter Redeinhalt ist dem Gedicht aus unbekannter Hand nicht zu entnehmen; das soll nochmals zu 2: 230 zurückführen.

Während in dem Langgedicht der Umfang der Frage des erzählten Ichs unklar ist, beginnt die mit 語久 *katara-ku* eingeleitete Antwort beziehungsweise der Bericht des daher- oder entgegenkommenden Menschen mit Vers 19 und erstreckt sich bis zum Ende des Langgedichts in Vers 29. Takeda (3: 632) fordert dafür besondere „Aufmerksamkeit bei der Interpretation" ein, was er zunächst nicht präzisiert. Später schreibt er aber, dass dieses Gedicht „ein Stück ist, das neben Hitomaros hervorragenden *banka*-Gedichten im epischen Stil ein neues Terrain erschlossen hat" (ebd. S. 635). Das Gedicht besteht auf der Ebene der Darstellung aus drei Teilen, nämlich der Figurenrede in den Versen 1 bis 9, der Erzählerrede in den Versen 10 bis 18 sowie der Figurenrede in den Versen 19 bis 29. Die drei Teile sind in ihrer Länge relativ ausgewogen, aber mit elf Versen kommt der Rede des Angesprochenen ein wenig mehr Aufmerksamkeit zu – wenn auch die Rede des erzählten Ichs nicht gerade uninteressant ist. Bezüglich der Präsentation der Figurenrede gibt das Langgedicht 2: 230 zwei Typen zu erkennen:

1. „abc" *wo* „XYZ" *to* + *verbum dicendi*
2. *verbum dicendi* + *-ku* (*-raku*): „XZY" (ohne abschließendes *verbum dicendi*)

Omodaka (1983: 486–487) sieht bei der Zitat-Partikel *to* zwei Varianten, deren erste oben angesprochen wurde. Die zweite entspricht der hier isolierten ersten Form („abc" *wo* „XYZ" *to* + *verbum dicendi*), und Omodaka erläutert

„abc“ *wo* als „Akkusativsetzung des Gegenstands（*taishō o taikaku ni* 対象を対格に）von sagen, denken etc.“, dessen Inhalt mit *to* als „Hilfsobjekt“（*hokaku* 補格）näher bestimmt werde. Zu beachten im Langgedicht 2: 230 ist die Reihenfolge, in der die beiden *verba dicendi* im mittleren Teil der Erzählerrede stehen und die Redeinhalte der beiden Figuren durch das Davor und Danach in eine deutliche chronologische Ordnung gesetzt werden. Durch die Form der Präsentation und die Inhalte der Figurenrede gerät die Kommunikation gewissermaßen in eine Schräglage oder einen Konflikt, der den an sich banalen Inhalt der Kommunikation interessant macht und genau genommen die Frage aufwirft, was das Gedicht in der *banka*-Trauerdichtung verloren hat. Die im Langgedicht präsentierte Erzählung ist durch eine Ereignishaftigkeit gekennzeichnet, die sich auch auf der Ebene der Darstellung als Wechsel der Präsentation von Figurenrede bemerkbar macht.

Abschließende Beobachtungen

Das Langgedicht 9: 1740 erzählt von einem Erzähler, der die berühmte Geschichte von dem Fischerjungen Mizue no Ura no Shimako 水江浦島子 erzählt.[44] Dieser trifft auf dem Meer die Tochter der Meeresgottheit, die ihn in ihr Reich der Zeitlosigkeit führt.[45] Der gedichtinterne Erzähler – das erzählte Ich – gibt sich zu Anfang dadurch zu erkennen, dass er Fischerboote sieht, die ihn an eine „uralte Angelegenheit erinnern“（古之事曽所念 *inishihe no koto so omohoyuru*）und somit zum Anlass der Binnenerzählung

44）Laut Omodaka（9: 107）war „Mizue“ zunächst ein Ortsname, der dann zum Familiennamen wurde, und „Urashima“ sei als persönlicher Name zu verstehen. Omodaka（ebd. S. 119–126）präsentiert „sechs Varianten der Urashima-Überlieferung“, und macht auf die Unterschiede zu 9: 1740 aufmerksam.

45）Zu einer Übersetzung dieser Erzählung aus einer anderen Quelle vgl. Naumann und Naumann 1990: 27–29; siehe unten, Anmerkung 51.

werden, zu deren erzählten Welt der gedichtinterne Erzähler selbst nicht gehört. Zum Ende der Binnenerzählung kehrt er aber über den Anblick der Häuser jener Gegend wieder in seine Welt zurück. Die Binnenerzählung des Fischerjungen ist somit gerahmt, und das erzählte Ich nimmt in der Rahmenerzählung gegenüber der Erzählung des Fischerjungen die Position eines extra- beziehungsweise nichtdiegetischen Erzählers ein.[46)] In der Welt der Meeresgottheit und seiner Tochter ist für den Fischerjungen eigentlich alles perfekt, aber dennoch bekommt er Heimweh und möchte einmal kurz zu seinen Eltern zurückkehren; das erklärt er der Tochter wie folgt:

世間之 愚人乃 吾妹兒爾 告而語久 須臾者 家歸而 父母爾 事毛告良比 如明日 吾者來南登 言家禮婆 妹之答久 [...] 常

yo no naka no / oroka hito no[47)] */ wagimo-ko ni / nori te katara-ku*[48)] */ shimashiku ha / ihe ni kaheri te / chichi haha ni / koto mo kata-ra-hi /*

---

46) Zu diesen Typen vgl. Martínez und Scheffel 2016: 86, die diese Form als „intradiegetisch (erzähltes Erzählen)“ (S. 80) beschreiben, sowie Schmid 2008: 88, der sich mit „nichtdiegetisch“ gegen die Genettesche Terminologie wendet.

47) In dieser Formulierung bringt der „Autor (*sakusha*)“ seine Weltsicht ein; vgl. SNBZ 7: 415 oder Aso 5: 166. „Autor“ ist freilich durch den gedichtinternen Erzähler zu ersetzen.

48) Zu beachten ist die Verschriftung der Postposition *te* mit 而 in 告而語久 *nori te katara-ku*, welche die oben vorgestellte ergänzende *Kojiki*-Lesung 答白 *kotahe te mahoshishiku* stützt. Diese Möglichkeit der Verschriftung stand dem *Kojiki*-Verschrifter ebenfalls offen, der sich aber offensichtlich für einen möglichst sparsamen Einsatz von Phonogrammen entschied. Das belegt vor allem die im *Kojiki*-Vorwort erfolgende Reflexion über den Schriftzeichengebrauch, in dem es unter anderem heißt, Phonogramme nur in schwer zu verstehenden Verbindungen einzusetzen; vgl. SNBZ 1: 24–25, Kurano 1973: 46–49, Wittkamp 2018a: 105. Im Gedicht sind dagegen alle Partikeln und Flexionen ausgeschrieben. Dabei fällt das Fehlen einer Tempuskennzeichnung der Verbformen auf, was die Präsentation der Erzählung im historischen Präsens bedeutet, wogegen Kurano (1971) oder die SNBZ-Bearbeiter den *Kojiki*-Text prinzipiell im Präteritum konkretisieren. Das geht auf den *Kojiki*-Text selbst zurück, der in vier Belegstellen die Präteritummarkierung *-ki* aufweist; vgl. Furuhashi 2005: 161. Diese Ausschreibungen mit Phonogrammen sind für das Verstehen der Erzählung relevant, aber umgekehrt wird darauf verzichtet, wenn das Verstehen vorausgesetzt werden kann.

asu no goto / *ware ha ki-namu* <u>*to*</u>[49)] / <u>*ihi-kere*</u> *ba* / *imo ga ihe-raku*[50)] […] *to* ... (Lesung nach SNBZ 7: 414–415)

In dieser Welt / [Welch] einfältiger Mensch / Seiner geliebten Frau / Berichtete [er,] und das war es, was [er ihr] erzählte: / „Nur für eine kurze Weile / kehre [ich] heim, und dann / dem Vater und der Mutter / erkläre [ich] die Sache, und / morgen dann / komme [ich] ganz gewiss zurück!“ / Nachdem er das gesagt hatte, war das, was [seine] Geliebte antwortete: „[…]“ …

Diese Art und Weise des Erzählens kommt der oben angesprochen *monogatari*-Erzählung der Heian-Zeit schon recht nahe. Nach dem Ende der durch *katara-ku* eingeleiteten direkten Figurenrede des Fischerjungen steht die Zitat-Partikel *to* gefolgt von *ihi-kere ba*, „als [er] das sagte“, einem weiteren *verbum dicendi*, das sich auf die voranstehende Figurenrede bezieht.[51)] Die direkte Figurenrede ist also von beiden Seiten gekennzeichnet. Die Antwort der Geliebten wird mit *ihe-raku*, „das ist das, was [sie] sagte“, ebenfalls durch die *ku*-Nominalisierung eines *verbum dicendi* eingeleitet, aber nach

49) 南 ist ein Phonogramm für *-na* und *-mu,* und *-na* ist die Indefinitform von *-nu* (perfektiver Aspekt; vgl. Omodaka 9: 117). Inaoka (2: 429) erläutert *-na* als „Bedeutungsverstärkung“ (*kyō'i* 強意).

50) Es gibt auch die Lesung *iraheku*; vgl. Omodaka 9: 117, der die Wahl des Schriftzeichens durch seine Bedeutung „antworten“ erklärt. Omodaka und mit ihm alle modernen Kommentare lesen 答久 *ihe-raku*, was Aso (5: 166) als *ihe* + *ri* (imperfektiver Aspekt) in *ku*-Nominalisierung erläutert.

51) Zu *ihi-ke-re ba* schweigen die hier konsultierten Kommentare, aber es gibt Hinweise. So zitieren die SNBT-Bearbeiter (2: 362) zu dem vorangehenden Vers *koto mo kata-ra-hi* aus der im Tango-*Fudoki*-Fragment (*-itsubun,* 丹後風土記逸文) enthaltenen Erzählung des Fischerjungen (Übersetzung in Naumann und Naumann 1990: 27–29) und lesen die Zeichen 謂曰 – offensichtlich aufgrund der phonographischen Verschriftung in 9: 1740 – *ihi-keraku*; Uegaki (2012: 477) liest dagegen *katari te ihaku*. Omodaka (1983) führt die Phrase nicht in seinem Wörterbuch, aber Miyakoshi, Ishii und Oda (digital, Eintrag *ihi-keraku*) oder Kobayashi et al. (1994: 77) zitieren aus dem *Tosa nikki* 土佐日記 und paraphrasieren mit *itta koto ni ha* 言ったことには respektive *iu koto ni ha* 言うことには. Die Übersetzung von *ihi-keri* erfordert ein Tempuswechsel („nachdem …“).

dieser Figurenrede steht lediglich die Zitat-Partikel 常 *to*, ohne *verbum dicendi*. Die Kommunikation ist an dieser Stelle allerdings auch beendet, und *to* leitet zu den sich daraus ergebenden Handlungen über.[52] Zum Vergleich seien die bisher isolierten Formen der Präsentation von Figurenrede angeführt:

1. „XYZ" *koto wo* + *verbum dicendi*
2. („abc" *wo*) „XYZ" *to* + *verbum dicendi*
3. *verbum dicendi* + *-ku* (*-raku*): „XYZ"
4. *verbum dicendi* + *-ku* (*-raku*): „XYZ" + *to* (+ *verbum dicendi*)

In den ersten beiden Möglichkeiten folgt das *verbum dicendi* auf die Figurenrede, und der wesentliche Unterschied der zweiten Variante ist das Vorhandensein der Zitat-Partikel *to*. Auf *formaler Ebene* kommt somit in der zweiten Variante mit *to* ein (weiterer) Hinweis auf die Medialität beziehungsweise eine gesteigerte Mittelbarkeit ins Spiel. Diese Hinweise intensivieren sich mit den Varianten 3 und 4, was aber nicht bedeutet, dass die vierte Möglichkeit, in welcher der Erzähler am deutlichsten hervortritt, der transponierten / indirekten Figurenrede entspricht. Für die Übersetzung, das heißt den Zwang zur Entscheidung der Mittelbarkeit, ist die Stellung des *verbum dicendi* kein entscheidendes Kriterium, aber zur Kontrastierung wurde für 2: 230 die Form aus indirekter und direkter Figurenrede gewählt. Aso Mizue (1: 554–555) scheint das ähnlich zu sehen, da sie in ihrer Übersetzung nur die Antwort des Angesprochenen in Anführungszeichen setzt, was allerdings auch am unbestimmten Umfang der Frage liegen mag. Es ist aber

52) Vgl. Oda 2015: 525, der diese Verwendung als „zweiten Typ der Zitat-Satzstruktur (*daini-rui in'yō kōbun* 第二類引用構文) erläutert (der erste Typ steht mit einem *verbum dicendi*). Weitere Beispiele für diese Verwendung von *to* lassen sich den *banka*-Trauergedichten 2: 167 oder 2: 199 entnehmen, die dort allerdings ohne direkte *verba dicendi* stehen und daher auch nicht unbedingt auf Figurenrede verweisen.

nochmals darauf hinzuweisen, dass die *verba dicendi* in unmittelbarer Nähe innerhalb der Erzählerrede im Mittelteil vorkommen, sodass die beiden Formen der Präsentation der Figurenrede weniger auf die Mittelbarkeit verweisen, sondern die formale Möglichkeit zur unterschiedlichen Präsentation demonstrieren.

So wurden die einleitenden Verse zwar mit indirekter Rede übersetzt, aber in diesem eng abgesteckten Rahmen kann sich der durch die verschiedenen Möglichkeiten der Redewiedergabe implizierte Grad an Mittelbarkeit nicht auf die Distanz zur erzählten Welt auswirken, da die Rede beider Figuren einer identischen Kommunikationssituation aus Frage und Antwort angehört, in der die Distanz identisch sein muss. In dieser ist allerdings die Rede des „seines Weges kommenden Menschen" durch die *ku*-Nominalisierung hervorgehoben, zumal sie die zweite Hälfte des Gedichts stellt und die Hauptaussage das *banka*-Trauergedicht ist. Das Erzählmedium scheint somit die Figurenrede der zweiten Gedichthälfte hervorheben zu wollen, aber was die beiden Formen der Präsentation durch ihre formale Unterschiedlichkeit auch exemplifizieren, ist der Verlauf der Zeit. Kommt in der ersten Figurenrede das *verbum dicendi* nach dem Zitat, steht es bei der zweiten Figurenrede davor, was die Chronologie der Kommunikation stärkt, die inhaltlich sowie durch die sprachliche Linearität ehedem gegeben ist.

Lässt somit die Form der Präsentation von Figurenrede zwar Rückschlüsse auf die Mittelbarkeit zu, fällt die bei der Übersetzung zu treffende Entscheidung für direkte oder indirekte Figurenrede dennoch schwer. Allerdings gibt es im Langgedicht 2: 230 sowie seiner Einordnung in den zweiten Band Hinweise, die eine Differenzierung des erzählenden und des erzählten Ichs und somit eine Distanz zur erzählten Welt nahelegen. Erstens lassen der Titel und der Gedichtinhalt, die Formen der Präsentation der Figurenrede sowie schließlich die beigefügten Kurzgedichte keinen

Zweifel daran, dass der Ort des erzählten Geschehens und der Erzähl-Ort nicht identisch sind. Dafür spricht zweitens auch die Selbstdarstellung des Erzählmediums, das mit 吾 *ware*, „ich, mir“, gleichsam aus sich heraustritt und sich selbst als erzähltes Ich präsentiert. Die beigefügten *tanka*-Kurzgedichte gehören nicht mehr zur Kommunikation zwischen den beiden erzählten Figuren, sondern wirken wie die dem kurzen Gespräch folgenden Reflexionen des Erzählmediums. Dem antwortenden „Menschen“ können diese nicht zugeschrieben werden, da er viel zu sehr mit seiner Trauerarbeit beschäftigt ist; das geht aus seiner Antwort deutlich hervor. Da die beigefügten Kurzgedichte ästhetisch ausgefeilte Reflexionen sind, muss zwischen der Kommunikation im Langgedicht und der Ausformulierung der Kurzgedichte weitere Zeit vergangen sein. Drittens sind zwei Vorfassungen beigefügt,[53] welche die Distanz zwischen der erzählten Welt und der Arbeit am Text beziehungsweise der Darstellung belegen. Aso (1: 556) weist auf die Erklärung hin, dass die Kurzgedichte aus dem „anderen Buch“ auf einen früheren Zeitpunkt verweisen, der durch die Überarbeitung zeitlich verschoben wurde. Sie schließt sich dieser Auslegung an, die auf den jeweils letzten drei Versen der Kurzgedichte beruhen muss. Gemeint ist die zeitliche Distanz, die in den beiden autorisierten Hauptfassungen größer ist, aber die Vermutungen in 2: 231 und 232 sprechen eher für eine größere räumliche Entfernung. Viertens schließlich gibt es eine Anmerkung, die mit der „Sammlung des Kasa *no asomi* Kanamura“ eine schriftliche Quelle angibt, und damit hervorhebt, was Konrad Ehlich als „gedehnte Kommunikation“ (zitiert nach Assmann 2002: 18) beschreibt. Das Ausweisen der Quelle der Gedichte mit der Privatsammlung ist nicht lediglich eine Quellenangabe, sondern steigert die Komplexität des Zitierens nochmals. Die Einfügung der

53) Es gibt allerdings Theorien, welche 2: 233 und 234 nicht als Vorfassungen, sondern als Überarbeitung zu sehen; vgl. Kuramochi 2000: 26–27.

zitierten Gedichte in den zweiten Band der Sammlung können nicht mehr mit dem Entstehen der Gedichte – womöglich im Rahmen einer oralen Situation – verwechselt werden. Es zieht eine deutliche zeitlich-räumliche Distanz ein, und die Gedichtinhalte selbst sind nur als Vergangenheit zu konkretisieren. Wie bemerkt, wurden die *banka*-Trauergedichte zu Shiki no Miko, aber auch die im Zusammenhang mit dieser Person stehenden Gedichte am Ende des ersten Bandes vermutlich erst später im Zusammenhang mit der Inthronisierung des Kōnin Tennō beigefügt, und es ist wahrscheinlich, dass die Einfügung zusammen mit der Quellenangabe geschah.[54)]

Das Langgedicht 2: 230 ist nicht nur wegen der Präsentation der Figurenrede interessant, welche die Kommunikation als ein Thema des Gedichts zu erkennen gibt. Es ist ein weiteres Beispiel für eine Ich-Erzählung, wie sie in verschiedenen anderen Sequenzen der Dichtung in den ersten beiden Bänden ebenfalls zu erkennen ist. Allerdings macht die Kombination aus den beiden erzähltechnisch relevanten Aspekten der Präsentation von Figurenrede und der Offenlegung des erzählten Ichs das Langgedicht 2: 230 für eine Geschichte des Erzählens nicht nur besonders attraktiv. Das Langgedicht und die beigefügten Kurzgedichte dürften ein geeigneter Abschluss für den zweiten Band sein, der insgesamt ein großes Interesse am Erzählen zeigt.

Literatur

Aso Mizue 阿蘇瑞枝 (2006–2015): *Man'yōshū zenka kōgi* 萬葉集全歌講義, 10 Bd. Tōkyō: Kasama Shoin.

Assmann, Jan ([4]2002): *Das kulturelle Gedächtnis. Schrift, Erinnerung und politische Identität in frühen Hochkulturen*. München: Beck (original 1992).

Balmes, Sebastian (2022): *Narratologie und vormoderne japanische Literatur.*

54) Bei 1: 85 fehlt das im Titel angekündigte Gedicht von Shiki no Miko, und die Anmerkung gibt nur den Namen des Dichters von 1: 85 an. Ob das Gedicht verlorenging oder erst gar nicht vorhanden war, ist unklar.

Theoretische Grundlagen, Forschungskritik und sprachlich bedingte Charakteristika japanischer Erzähltexte des 10. bis 14. Jahrhunderts. Berlin und Boston: Walter de Gruyter.

Erll, Astrid (2005): *Kollektives Gedächtnis und Erinnerungskulturen*. Stuttgart und Weimar: J.B. Metzler.

Fujii Sadakazu 藤井貞和 ([2]1992): *Monogatari bungaku seiritsu-shi* 物語文学成立史. Tōkyō: Tōkyō Daigaku (Erstauflage 1987).

Fujita Yasuyuki 藤田保幸 (2014): In'yō 引用. In: Nihongo bunpō gakkai 日本語文法学会 (Hg.): *Nihongo bunpō jiten* 日本語文法事典. Tōkyō: Taishūkan, S. 35–36.

Furuhashi Nobuyoshi 古橋信吉 ([3]2005) (Hg.): *Nihon bungei-shi – hyōgen no nagare* (*kodai* 1) 日本文芸史――表現の流れ (古代 I). Tōkyō: Kawade Shobō.

Gentz, Joachim (2007): Zum Parallelismus in der chinesischen Literatur. In: Wagner, Andreas (Hg.): *Parallelismus Membrorum*. Fribourg: Academic Press und Göttingen: Vandenhoeck & Ruprecht, S. 241–269.

Inaoka Kōji 稲岡耕二 (1994–2006 [Bd. 1–3], 2015): *Man'yōshū* 萬葉集, 4 Bd. Tōkyō: Meiji Shoin (Waka bungaku taikei 1–4).

Itō Haku 伊藤博 ([3]2019): *Man'yōshū shakuchū* 萬葉集釋注, 10 Bd. Tōkyō: Shūeisha (Erstauflage 2005, Buchausgabe mit Originaltext: 1995–1998).

Kobayashi Hideo 小林英夫 et al. ([3]1994): *Reikai kogo jiten* 例会古語辞典. Tōkyō: Sanseidō (Erstauflage 1980).

Köppe, Tillman und Tom Kindt (2014): *Erzähltheorie – Eine Einführung*. Stuttgart: Philipp Reclam jun.

Kuramochi Shinobu 倉持しのぶ (2000): Shiki no Miko banka 志貴皇子挽歌. In: Kōnoshi Takamitsu 神野志隆光 und Sakamoto Nobuyuki 坂本信幸 (Hg.) (1999–2005): *Seminā*: *Man'yō no kajin to sakuhin* セミナー：万葉の歌人と作品. Bd. 6: Kasa no Kanamura 笠金村, Kurumamochi no Chitose, 車持千年 Tanabe no Fukumaro 田辺福麻呂. Ōsaka: Izumi Shoin, S. 21–34.

Kurano Kenji 倉野憲司 ([15]1971): *Kojiki* 古事記. In: Kurano K. und Takeda Yūkichi 武田祐吉: *Kojiki – norito* 古事記・祝詞. Tōkyō: Iwanami Shoten, S. 3–361 (Erstauflage 1958; Nihon koten bungaku taikei 1).

Lewin, Bruno ([2]1975): *Abriss der japanischen Grammatik*. Wiesbaden: Otto Harrassowitz (verbesserte Auflage, Erstauflage 1959).

Naumann, Nelly und Wolfram Naumann (1990): *Die Zauberschale – Erzählungen vom Leben japanischer Damen, Mönche, Herren und Knechte*. München: dtv (original 1973).

Martínez, Matías und Michael Scheffel ([10]2016): *Einführung in die Erzähltheorie*. München: C.H. Beck (Erstauflage 1999).

Miyakoshi Masaru 宮腰賢, Ishii Masami 石井正己 und Oda Masaru 小田勝 (2011): *Zen'yaku kogo jiten* 全訳古語辞典. Ōbunsha (4. Auflage, digital 2014).

Oda Masaru 小田勝 (2015): *Jitsurei shōkai: koten bunpō sōran* 実例詳解–古典文法総覧. Ōsaka: Izumi Shoin.

Omodaka Hisataka 澤瀉久孝 (1957–1977): *Man'yōshū chūshaku* 萬葉集注釋, 20 Bd., 2 Ergänzungsbände. Tōkyō: Chūō Kōronsha.

—— (1977): *Man'yōshū chūshaku* 萬葉集注釋, *Sakuin-hen* 索引編. Tōkyō: Chūō Kōronsha.

—— („Repräsentant" für: Jōdaigo Jiten Henshū Iinkai 上代語辞典編集委員会; 1983): *Jidaibetsu kokugo daijiten jōdaihen* 時代別国語大辞典上代編. Tōkyō: Sanseidō.

Schmid, Wolf ([2]2008): *Elemente der Narratologie*. Berlin und New York: Walter de Gruyter (Erstauflage 2005).

SNBT 1–4: Satake Akihiro 佐竹昭広 et al. (1999–2003): *Man'yōshū* 萬葉集, 4 Bd. Tōkyō: Iwanami Shoten (Shin Nihon koten bungaku taikei 1–4).

SNBT 12–15: Aoki Kazuo 青木和夫 et al. (1990, 1995 [15]): *Shoku-nihongi* 続日本紀, 4 Bd. Tōkyō: Iwanami Shoten (Shin Nihon koten bungaku taikei 12–15).

SNBZ 1: Yamaguchi Yoshinori 山口佳紀 und Kōnoshi Takamitsu 神野志隆光 ([7]2007): *Kojiki* 古事記. Tōkyō: Shōgakukan (Erstauflage 1997; Shinpen Nihon koten bungaku zenshū 1).

SNBZ 2–4: Kojima Noriyuki 小島憲之, Naoki Kōjirō 直木孝次郎 und Mōri Masamori 毛利正守 ([5]2012): *Nihon shoki* 日本書紀, 3 Bd. Tōkyō: Shōgakukan (Erstauflage 1994; Shinpen Nihon koten bungaku zenshū 2–4).

SNBZ 6–9: Kojima Noriyuki 小島憲之, Kinoshita Masatoshi 木下正俊 und Tōno Haruyuki 東野治之 (1994): *Man'yōshū* 万葉集, 4 Bd. Tōkyō: Shōgakukan (Shinpen Nihon koten bungaku zenshū 6–9).

Takeda Yūkichi 武田祐吉 (1956–1957): *Zōtei Man'yōshū zenchūshaku* 増訂萬葉集全註釋. Tōkyō: Kadokawa Shoten (erweiterte und überarbeitete Ausgabe, 2 Einleitungsbände, 10 Kommentarbände, 2 Handbuchbände, original 1948–1951).

Uegaki Setsuya 植垣節也 ([6]2012): *Fudoki* 風土記. Tōkyō: Shōgakukan (Erstauflage 1997; Shinpen Nihon koten bungaku zenshū 5).

Vovin, Alexander (2020): *Man'yōshū* Book 2. Leiden und Boston: Brill.

Wittkamp, Robert F. (2018a): *Arbeit am Text – Zur postmodernen Erforschung der* Kojiki-*Mythen*. Gossenberg: Ostasienverlag (Deutsche Ostasienstudien 34).

—— (2018b): Japans älteste Kurzerzählung – zu einer Inschrift aus dem Tempel Hōryūji. In: *Orientierungen* 29 (2017), S. 1–28.

—— (2021): *Altjapanische Texterzeugung und die chinesischen Wurzeln – Dargestellt an einer Korrespondenz aus dem Man'yōshū*. Wiesbaden: Harrassowitz (Abhandlungen für die Kunde des Morgenlandes 120).

—— (2022): Hitomaro's Poems on the Decayed Capital – A narratological approach to *Man'yōshū* poems 1: 29 to 31. In: Tōzai gakujutsu kenkyūsho kiyō 55 東西学術研究所紀要第 55 輯, pp. 111–138.

【執筆者紹介】（執筆順）

朝　治　啓　三	関西大学名誉教授
近　藤　昌　夫	関西大学外国語学部教授
パトリック・P・オニール	ノースカロライナ大学チャペルヒル校名誉教授
和　田　葉　子	関西大学名誉教授
ローベルト・F・ヴィットカンプ	関西大学文学部教授

関西大学東西学術研究所研究叢書 第16号

Through the Lens of Faith:
Eastern and Western Perspectives

令和5（2023）年3月15日　発行

編 著 者　和　田　葉　子

発 行 者　関 西 大 学 東 西 学 術 研 究 所
〒564-8680　大阪府吹田市山手町3-3-35

発行・印刷　株式会社　遊　文　舎
〒532-0012　大阪府大阪市淀川区木川東4-17-31

ISBN978-4-910433-35-6 C3098

Through the Lens of Faith: Eastern and Western Perspectives

Contents